살아있는 것들의 소리

살아 있는 것들의 소리

1판 1쇄 발행 ｜ 2020년 4월 15일
지은이 ｜ 한 영
발행인 ｜ 이선우
펴낸곳 ｜ 도서출판 선우미디어
　　　　등록 ｜ 1997. 8. 7 제305-2014-000020
　　　　02643 서울시 동대문구 장한로12길 40, 101동 203호
　　　　☎ 2272-3351, 3352 팩스: 2272-5540
　　　　sunwoome@hanmail.net
　　　　Printed in Korea ⓒ 2020. 한영

값 13,000원

ISBN 978-89-5658-639-7 03810

살아 있는 것들의 소리

한 영 수필집

Essays by Young Hahn

선우미디어
sunwoomedia

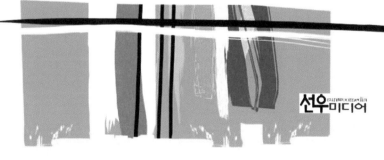

내면의 소리

김영중 수필가

　무성한 잎사귀가 햇빛 속에서 성장의 기쁨을 알리는 초록의 계절에 한영 수필가가 첫 수필집을 낸 후, 꾸준히 문학 활동을 하며 갈고 딲은 영혼이 담긴 글들을 모아 새 수필집을 출간한다니 그 노고에 경의를 표하며 출판을 축하한다.

　침묵으로 말을 함축하는 한영 수필가는 문학을 통해 자신의 인생을 재창조하며 그 순수한 향기를 간직하기 위해 문학의 길을 끝없이 연마하며 달리는 수필가이다.

　좋은 수필은 어느 한 개인의 삶과 관심사를 엮는 기록이 아니라 함께 살아가는 사람들이 공유할 수 있는 세계를 실감 있게 그린 글이다. 수필이 궁극적으로 추구하는 것은 진실을 규명하는 일이다. 인간은 누구나 한정된 시간을 사는 동안 영원히 기억될 무엇인가를 위해 열정을 바친다. 인간의 삶은 유한하지만 활자로 된 삶의 기록은 그대로 남아 후세에까지 어떻게 살았는가를 증거하게 된다.

수필은 달관과 통찰과 인격화된 사고로 빚어내는 진솔한 자기고백이기 때문에 수필가들의 글은 어느 대목에서도 마음속 깊은 데서 울려 나오는 내밀의 소리를 들을 수 있다.

한영 수필가의 수필은 곡선이 아니라 직선을 지향한다. 곡선이 기교를 탐한다면 직선은 진실의 순도를 추구한다. 쏟아 놓는 삶의 진실은 진정성의 심미 세계로 독자를 끌어들인다. 이 힘은 직선적인 성격에서 오는 것이기에 서정보다 서사성이 강하다. 이야기성이 강한 서사에서 나오는 주제의 힘은 기교를 압도한다. 그는 섬세한 문장 속에 주제나 의미를 숨겨놓기보다는 그것들을 직설적인 고백으로 시원스럽게 털어 놓는다. 낯설고 신비로운 작가의 생에 진실을 경청하고 있노라면 독자는 이미 절친한 옛 친구를 만난 것 같은 편함을 느낀다. 한영 수필가의 글은 그의 눈에 비친 이 시대의 체온이자 사고의 빛깔이다.

인간과 자연과 우주의 진실을 체험하는 행복한 나날이 되기를 바란다. 그 길 위를 겸허하게 걸으며 해를 거듭할수록 부딪쳐 살아나는 내면의 소리가 생명력을 지니고 퇴색되지 않는 빛으로 문향이 진한 격조 높은 수필가로 더욱 분발해 나가 대성하기를 기원하며 거듭 수필집 출판을 축하한다.

　　빠르게 변하는 세상에서 휘청거리는 걸음을 겨우 잡고 보니 시간은 벌써 훌쩍 지나가 버렸다. 수필집 '하지 못한 말'을 낸 지 오래되었다. 10년 세월에 여기저기 놓여있는 글을 집어 들었다. 글과 글 사이에 느낌과 생각, 그리고 열중했던 것에 많은 간격이 있음이 느껴졌다. 시간이 흐르면서 생각이 조금씩 바뀌고 감정도 달라지고, 나는 이곳에 와 있는데 아직도 그때 그곳에 머물러 있는 글이 조금은 어색하게 느껴지기도 했다.

　　늘 그러하듯이 즐거움과 아쉬움이 교차하는 날들이었다. 그 어느 날 코비드19라는 낯선 이름이 나의 일상을 흔들었다. 집안에 갇혀버렸다. 창문을 통하여 밖을 바라보았다. 하늘과 구름과 나무, 눈에 들어오는 것은 늘 같은 곳이었다. 그 안에서도 조금씩 변화는 있었다. 자주 낮은 구름이 끼었고 겨울비가 주룩거리기도 했다. 가끔 말갛게 갠 하늘이 반짝 나타나기도 했다. 그러나 창문을 통해 바라볼 수 있는 시야는 액자같이 한정되어 있다.

내 글이 액자 안에 떠오른다. 나의 지나 온 발걸음이 같이 묶여있다.

언제부턴가 무언가가 날고 있다. 꽃가루인가 했더니, 벌들이 꽃을 찾고 있었다. 피어나기 시작한 작은 꽃들을 찾아서. 봄이 오고 있다. 계절이 바뀌어 간다. 이제 밖으로 나갈 날도 얼마 남지 않았다. 내 생각도, 글도 액자 밖으로 뛰쳐 나가는 날을 고대한다.

사랑하는 가족이 늘 내게 힘을 돋아 준다. 꾸준히 지켜보며 격려해 주신 김영중 선생님께 감사하다. 같은 길을 가며 응원해 주신 문우 여러분과 책으로 엮어준 선우미디어 관계자께 감사하다.

2020년 봄

한영

| 차례 |

1

기울어진
저울

살아있는 모든 것은 마음이 있다.
마음이 있으면 다른 것과도 마음이 만나
교감하고 싶어 한다.
그런 것을 이제야 깨닫는다.
정적 가운데 느껴지는 움직임에
조용히 귀 기울여야 침묵의 언어,
마음의 소리를 비로소 들을 수 있다.
살아 있는 생명의 소리에는
무한한 사랑과 평화가 있음을 느끼게 된다.

−본문 중에서

백인 사위,
한인 장모

사위가 우리 집 현관문에 들어서자마자 나를 향해 손에 든 물건을 흔들어댔다. 마켓에서 굉장히 좋은 것을 발견했다고, 나에게 주려고 하나 더 샀다며 호들갑을 떨면서 내밀었다. 싱크대 거름망이었다. 거름망 가운데에 손잡이가 있어서 굉장히 편리하다나.

나는 웃으며 "땡큐" 했다. '내가 쓰는 한국제가 더 좋은데'라는 말이 하고 싶었으나 참느라고 애썼다.

사위는 백인이며 결혼 7년 차다. 한국 음식을 아주 좋아한다. 특히 김치, 매운 멸치볶음, 잡채는 그가 특별히 잘 먹는 음식이다. 어느 날은 마른반찬을 만들어서 딸네 집에 들렀는데 사위가 혼자 있었다. 마침 점심때라 사위에게 김치볶음밥을 해 주었다. 사위는 맛있다고 땡큐 소리를 연신 해대며 수북이 담긴 김치볶음밥을 순식간에 해치웠다. 식사 후, 접시를 가지고 싱크대로 간 사위가 갑자기 무슨 일이라도 생긴 양 큰 소리로 말했다.

"왜? 이 도마를 썼어요? 비닐 도마를 써야 하는데, 이걸 써서 빨간 물이 들었으니 어떡해요."

딸이 보면 화낼 거라며, 사위는 도마를 문질러 닦아댔다. 어깨가 아플텐데도 열심이다. 적당한 도마를 찾지 못한 것은 내 불찰이지만 기분이 좋지 않았다. 나는 말로는 쏘리(Sorry) 하면서도 속으로는 생각했다. '밥도 맛있게 해주었는데 나한테 잔소리를 하네.'

사십 년 넘게 미국에서 살면서 미국문화에 익숙하다고 생각하고 살고 있지만, 사위가 너무도 분명하게 예스와 노를 말할 땐 가끔은 당황한다. 마음이 내키지 않더라도 내가 권하는 것은 '노'라고 말하기 전에 적어도 3초쯤은 생각하는 척해 주면 좋으련만…. 나도 사위처럼 예스, 노를 정확히 하면 좋겠는데, 아직은 체면과 허세 때문에 딴소리를 하고 만다.

어쩔 수 없는 한국인 장모다. 나는 예절을 차리노라고 트림을 참고 있는데 사위는 밥상머리에서 코를 팽! 하고 푼다. 그럴 때면 기분이 나빠져서 한국식 예절을 강요하고 싶어진다. 그러나 결국 아무 말도 못하고 유난히 다정하게 인사하고 헤어진다.

사위와 소주 한잔 나누어 마시던 날, 그가 말했다. 나와 남편이 더 늙고 힘이 없어지면 같이 살면서 돌봐주겠다고. 내가 늙었을 때 같이 살겠다는 사람은 남편 말고는 백인 사위가 처음이다. 말만으로 고마웠다. 그러나 나는 그저 웃었다.

사위가 같이 살겠다는 말에 언젠가 양로원에서 본 중년의 백인이 떠올랐다. 그는 매일 양로시설로 출근하다시피 했다. 스마트폰으로 한국 장모 사진을 찍는데 특별히 얼굴을 가깝게 찍어서 부인에게 전송한다. 만약 어제의 얼굴과 오늘의 얼굴 사이에 많은 차이가 나면 돌보는 도우미들에게 불평과 잔소리를 해댔다. 얼굴이 야위어 보이면 식사를 잘 못 하면 열심히 권해야 하지 않느냐, 얼굴에 조금 멍자국이라도 보이면 왜 잘 관찰하고 돌보지 않았느냐 따지니 도우미들이 그 백인을 꺼렸다. 그가 보이면 도우미들은 부딪히기 싫어서 멀리 다른 곳으로 피해가곤 했다. 열심히 노력한 백인 사위, 그런데 장모에게 얼마나 도움이 됐는지는 모르겠다.

우리 사위의 얼굴이 그 중년의 남자와 오버랩되어 보인다. 만약 우리 사위가 나와 같이 살겠다는 마음이 그대로라면, 또 그가 나이 들어도 부지런하다면 양로원에 출근하던 그 중년 남자의 모습같이 되지는 않을까? 젊은 사위의 얼굴에 20년 후의 모습을 덧입혀본다. 연갈색 머리칼에 백발이 생기면 어떻게 보일까. 알 수 없는 미래를 그냥 상상해보는 것도 재미있다.

사위가 양로원으로 나를 방문하는 모습보다는, 나이 든 백인 사위에게 비록 더 늙었으나 건강한 한국 장모가 김치볶음밥을 해주는 모습이 더 낫지 않을까. 미래에는 이왕이면 더 나은 그림을 그리고 싶다.

사위가 사다 준 거름망의 포장을 뜯어 싱크대에 넣는다. 사람이나 물건이나 익숙하지 않더라도 친해지도록 노력해봐야겠다.

어느 봄날
코요테가 나타났다

    화창한 봄날, 덴버에 도착했다. 공항에는 딸이 마중 나와 있었다. 나는 손녀 만날 생각에 들떠 있었는데 딸은 조금 우울해 보였다.

    딸은 손녀가 다니는 학교로 가는 대신에 집으로 차를 몰고 있었다. 내가 비행기 안에 있던 그 시간쯤, 딸네 집과 멀지 않은 학교에서 총기 사고가 있었다고 딸은 걱정스레 말했다. 같은 학군에 있는 모든 학교에 일시적인 출입금지 지침이 내려졌으며, 학생들을 모두 교실로 들여보내고 대기 상태라고 했다. 시간이 좀 지나서야 손녀가 집에 올 수 있었다.

유치원에 다니는 손녀는 총기 사고를 어떻게 이해하고 있을까 걱정되어 물어보았다. 운동장에 코요테(Coyote)가 나타나서 모두 교실에 들어가 있어야 한다고 선생님이 이야기했단다.

저녁에 경찰이 사건 개요를 발표했다. 용의자는 남자 중학생과 고등학생이었으며 둘 다 체포되었다. 일반 학생 중의 한 명이 총을 든 고등학생을 덮쳤고, 뒤이어 두 학생이 같이 합심하여 그를 제압했다고 한다. 그 애들 덕분에 더 큰 인명피해가 나는 것을 모면하였으나 처음 막아선 학생이 안타깝게도 현장에서 숨졌다. 건실한 모범생이었던 그 학생은 고등학교 졸업을 겨우 사흘 앞둔 상태였다. 한 명이 사망했고 여덟 명이 부상을 당했다. 잠시 후, 경찰이 정정 발표를 했다. 처음에는 겉으로 보이는 대로, 체포된 중학생이 남학생이라고 발표하였으나 사실은 여학생이라면서 남자로 보이고 행동하길 원하는 여자아이였다고 했다. 총을 쐈던 아이가 실상은 아픈 코요테였나보다.

나중에 알려지기로는 경찰은 사고수습을 하면서 모든 학생을 일렬로 건물 밖으로 나오도록 했다. 그 학교는 차터 스쿨(Charter School)*이라서 유치원부터 고등학교 졸업반까지 한 교정에 있었다. 어린 유치원 학생들까지 머리에 손을 얹고 한 명씩 경찰의 지시에 따라서 나와야 했다. 아마 경찰의 매뉴얼인가 보다. 그 말을 들은 사위는 경찰이 너무 심했다며 머리를 저었다. 나도 경찰 앞에 팔을 들고서 걸어 나온 경험이 있어서, 그것이 얼마나 끔찍한 일인 줄 안다.

비즈니스를 할 때였다. 출장에 필요한 서류를 전날 가져오는 것을 깜빡했다. 새벽, 공항 가기 전에 먼저 사무실에 들렀다. 마음이 바빠서 그랬던가 알람 해지를 깜박했다. 잠시 후 밖에서 수선스러운 소리가 들렸다. 전화가 울리더니 경찰이라며 나의 신상과 사무실에 있는 이유 등을 꼬치꼬치 물었다. 다 대답을 하고 나니 손을 머리에 얹고 밖으로 나오라고 했다.

당황스러웠고 무엇보다도 무서웠다. 내가 지금 무슨 취급을 받고 있나? 벌 서는 것처럼 손을 들고 밖으로 나갔는데 마치 죄인인 것처럼 느껴졌다. 내가 나간 뒤, 경찰이 사무실로 들어섰다. 건물 전체를 샅샅이 뒤지더니 다음부터는 조심하라는 말을 무뚝뚝하게 하고는 떠났다. 그때의 느낌을 난 아직도 잊지 못한다.

숨진 학생의 장례식이 있던 날, 나는 손녀딸과 같이 동네를 산책했다. 손녀의 학교도 그날은 수업이 없었다. 그 며칠 전에는 눈이 내렸지만 그래도 5월의 날씨는 화창하고 맑았다. 긴 겨울이 지난 후 꽃들은 유난히도 아름답게 피었다. 장례식에 많은 사람이 참석하여 유족을 위로하며, 그의 희생에 감사의 말을 하겠지만, 아들을 잃은 부모는 이 봄을 어찌 견딜 건가. 총을 휘두른 아이들의 부모 또한 앞으로 힘든 길을 가야 한다. 스며드는 봄바람이 써늘하게 느껴졌다.

그날 사고현장에 있었던 어린 학생들이 자꾸 내 마음에 남는다. 철저한 총기규제를 할 수 없는 것인가? 사회 체제의 부당함과 부조리에 지극히 무관심했던 자신이 부끄럽다. 소시민의 무기력이 새삼스럽다. 학생 누군가가 다른 학생을 죽이거나 다치게 했다는 사실과, 머리에 손을 얹고 경찰이 지켜보는 가운데 걸어서 나온 사실을 어린 학생들이 잊고, 그저 어느 봄날 교정에 코요테가 나타났었다고만 기억하면 좋겠다. 그리고 다시는 코요테 같은 건 나타나지 않았으면 더 좋겠다. 소시민의 간절한 바람이다.

* 차터 스쿨(Charter School): 공적 자금을 받아 교사·부모·지역 단체들이 설립한 학교로서 대안학교의 성격을 가진 공립학교다.

살아있는
것들의 소리

　새들의 언어를 이해했다고 하니 친구가 말없이 웃는다.
화초를 아름답게 가꿀 줄도 모르고 애완동물도 제대로 키
우지 못하는 내가 새들의 대화를 알아들었다고 하니 생뚱
맞게 들렸을 것이다.

　지난 주말 저녁 무렵이었다. 새 한 마리가 뒷마당에 내려
앉았다. 어떻게 알아보았는지 이제 갓 나온 새싹 곁으로
다가간다. 연한 잎을 쪼아 먹으려고 하는 것을 손 내저어
쫓아 보냈다. 다시 올까 걱정되어 종이상자 하나 접어서
묘판을 덮어 놓았다. 친구가 여행을 떠나며 맡겨 놓고 간
유기농 채소의 묘판이다.

미련을 못 버렸는가? 쫓겨 갔던 그 새가 이튿날 다시 돌아왔다. 자그마한 몸체에 우윳빛 털, 날렵한 모습이 전날 왔던 새가 틀림없다. 슬금슬금 걸어서 묘판 앞으로 다가가던 용감한 새는 종이상자 지붕 아래 얌전히 있는 새순을 노려보면서 거리를 가늠해 보더니 아무래도 안 되겠는지 담장 위로 날아오른다. 담장 위에는 자태가 비슷한, 조금 작은 새가 기다리고 있다가 반긴다. 둘은 마주 보고 소곤대는데 땅 위에 있던 새가 남자친구인 듯싶다. "맛있는 것 구해 주려고 했는데 어렵겠어, 미안해" 하고 말한다. 기다리던 새가 "괜찮아, 괜찮아" 하면서 같이 하늘로 날아오른다.

묘판의 종이 덮개를 들춰본다. 하루 사이에 해님이 그리도 그리웠는지 온몸이 한쪽으로 기울어져 있다. 새싹들이 햇빛 아래서 크게 기지개를 켜며 추웠다고, 목마르다고 호소한다. 이게 나이 듦의 혜택인가. 들리지 않던 그들의 소리를 듣게 됐다. 그러고 보니 앞집의 고양이 소리도 듣는다. 자기 집을 버리고 늘 우리 집 앞에서 낮잠을 자다가 인기척이 나면 홱 뛰쳐나와 놀라게 하더니 요즈음은 꿈쩍도 않고 고개만 들어 나른한 표정으로 인사한다. '이제 돌아오슈? 수고했소.' 그 언어가 나를 두드린다.

살아있는 모든 것은 마음이 있다. 마음이 있으면 다른 것과도 마음이 만나 교감하고 싶어 한다. 그런 것을 이제야 깨닫는다. 정적 가운데 느껴지는 움직임에 조용히 귀 기울여야 침묵의 언어, 마음의 소리를 비로소 들을 수 있다. 살아 있는 생명의 소리에는 무한한 사랑과 평화가 있음을 느끼게 된다.

미세한 소리를 듣게 되면 아침에 이슬이 맺히고, 석양이 아름다운 까닭을 알게 된다. 그렇게 시간이 가고 날이 가며 계절의 소리도 듣는다. 연두색 이파리와 함께 다가오는 봄의 소리, 뜨거운 태양 아래서도 살아 움직이는 여름의 소리, 나뭇잎을 아름답게 물들이며 떠나가는 가을의 소리 그리고 끝없이 인내하며 기다리는 겨울의 깊은 숨소리를 듣는다.

마침내 자연과 함께하고 대화할 수 있는 날이 온다. 손톱보다도 작은 꽃이 왜 인적도 없는 언덕 위에서 조용히 피어나는지, 갈대가 왜 그렇게 흔들리며 살아가는지, 추운 겨울이 다가오는데 나무는 왜 잎을 다 떨구는지 깨닫게 된다. 자연과 마음을 통할 수 있다면 사는 이치를 깨우치고 사람의 마음도 이해할 수 있지 않을까.

오늘은 이마 위에서 살랑거리는 봄볕이 유난히 부드러운 날이다.

기울어진
저울

    한 사람의 인생에 영향을 미치는 사람은 많다. 부모를 포함하여 가족이 가장 큰 역할을 하지만 어렸을 때는 학교 선생님도 의미 있는 길잡이가 된다. 선생님은 학문적인 것뿐만 아니라 도덕성과 인성에도 많은 영향을 미친다.

    특별히 고마웠던 선생님이 있다. 중학교 일학년 때 새로운 학교에 어렵게 적응하고 있던 나의 손을 잡아준 분이다. 시원치 않은 내 글에도 칭찬을 아끼지 않고 많은 격려를 해 주었다. 마음의 눈을 크게 뜨고 나를 봐준 분이다. 내 자존감을 높여준 분이어서 지금도 그분을 잊지 못하고 고마워한다.

그러나 씁쓸해지는 선생님의 기억도 있다.

초등학교 일학년 때이다. 추운 겨울에는 학교 일을 봐주는 소사 아저씨가 아침 일찍 각 반을 돌며 난롯불을 지폈다. 짧은 시간에 여러 반을 돌며 불을 지펴야 하므로 각반에서는 2명의 주번이 소사 아저씨를 대신해 부채질하여 불씨가 꺼지지 않도록 해야 했다. 초등학교 일학년 그 어린것들이 선생님도 안 계신 교실에서 난로의 불씨를 일으키려고 곱은 손을 호호 불면서 부채질을 해야 했다. 을씨년스러운 광경이다.

몹시 추운 어느 날 나는 유난히 뒤통수가 튀어나왔으며 늘 때에 절은 검은 윗도리를 입고 있던 얼굴이 검고 말이 없는 남자아이와 주번이 됐다. 둘이 함께 열심히 부채질을 했는데도 난로는 더워질 기미를 보이지 않았다.

불이 꺼진 것을 알고는 걱정이 되어 어쩔 줄 몰라 하는데 선생님이 들어왔다. 난로를 들여다보고는 다짜고짜 남자아이에게 다가가 따귀를 때렸다. 얼마나 세게 때렸는지 그 아이의 머리가 휙 돌아갔다. 그것도 두 차례나. 나에게는 앞으로는 불을 꺼트리지 않도록 조심하라는 말만 하였다.

7살의 여리고 겁 많은 아이였던 나는 당장 매 맞지 않은 것만을 다행스럽게 생각했다. 집에서 매 맞는 걸 본 적이 없던 나로서는 너무나 무서워서 가슴이 통탕거리고 몸이 떨렸다. 그 순간의 느낌이 떠나질 않아 집에 오는 동안 내 내 혼란스러웠다. 그러나 이건 무언가 옳지 않다는 느낌이었다. 그 친구에게 미안한 것 같았으나 그렇다고 내가 무엇을 어떻게 해야 하는지도 몰랐다. 그날 학교에서 있었던 일은 어머니에게도 말하지 못했다.

이제는 중년이 되었겠지만, 어렸던 그 남자아이가 부당하게 느끼며 아팠을 가슴을 생각하면 안쓰럽다. 이 일은 아직도 내 마음에 작은 얼룩으로 남아있다.

미국의 한 텔레비전 방송국에서 몰래카메라를 설치해 놓고 실험을 한 적이 있다. 자전거를 훔치는 연기를 하며 주위 사람들의 반응을 보는 것이었다. 추레한 옷을 입은 사람이 할 때는 주위 사람들이 무관심하거나 무엇 하고 있냐고 힐난조로 물었다. 아름다운 여인이 좋은 옷을 입고 자전거를 가져가려 할 때는 주위 사람들이 몰려들어서 도와주려고 했다. 그녀가 훔쳐 간다는 걸 짐작하면서도. 여러 번의 실험 결과는 역시 자신이 원래 선호하는 그룹의 사람과 그렇지 않은 그룹의 사람을 자신도 깨닫지 못하는 사이에 이미 기울어진 저울에 올려놓는다는 것이다. 다민족 국가인 미국에서는 차별금지를 연방법으로 정하고 있지만, 감정은 법으로도 제어할 수 없을 때가 종종 있다.

그 어렵던 시절 선생님도 자신도 모르게 기울어진 저울 하나를 갖고 있었던 건 아닐까. 이제는 그 선생님을 이해해 보려고 한다.

─ 아이들이 불을 꺼트려서 화가 났다. 수업을 시작해야 하는데 난롯불 피우는 것부터 해야 하니 짜증이 났다. 선생이 수업보다 이런 일을 한다는 자체가 싫었다. 화가 끓어오르는데 남자아이는 자기가 무얼 잘못했는지도 모르는 것같이 멀뚱히 서 있고 여자아이는 창백하게 파리한 얼굴로 떨고 있다. 나도 모르게 남자아이에게 손이 올라갔다. 나중에 마음이 좀 가라앉고 쳐다보니 그 아이는 여전히 무표정이다. 무어라도 말을 좀 해줘야 할까? 이미 지나간 일인데 뭐….

그렇게 생각하지는 않았을까?

까마득히 멀리 지나온 시간이지만 지금도 옛 생각이 떠

오르면 마음이 불편하다. 초등학생인 손녀는 가끔 학교 선생님과 있었던 일을 재잘거린다. 다민족이 모여 사는 이 미국에서 선생님들은 기울어진 저울 같은 건 지니지 않았으면 좋겠다. 아이들의 얼굴색이나 모습을 보지 말고 오직 마음만을 보기를 나는 간절히 바란다.

도망친
양심

　용기를 내야 할 때인데도 나서지 못하는 경우가 있다. 비겁하게 느껴지면서도 자신을 위해 변명만을 하게 된다. 그러한 기억은 시간이 지나도 지워지지 않고 가슴 한구석에 거북스럽게 남아있다. 오래된 일이기는 하지만, 가을 축제에서 일어났던 그 일을 생각하면 나 자신이 부끄럽다.

　우리 동네에서는 일 년에 한 번 국제다문화 축제가 열린다. 50여 개국의 문화와 음식, 종교를 한 곳에서 접할 수 있다. 매년 1만6천여 명이 참여하는데 한국인들 역시 태권도 시범을 보이고, 사물놀이 공연을 하는 등 한국문화를 알린다. 자녀들에게 글로벌 감각을 키워줄 수 있어서 인기가 높은 편이다. 모처럼 한가로운 토요일 오후여서 딸과 함께 축제장에 들어섰다. 날씨는 청명하고 스치는 바람도 부드러웠다. 마침 막 시작된 사물놀이 공연을 본 후 악세서리를 파는 가게 앞으로 걸어갔다. 상점에는 열대여섯 살의 상큼한 아가씨가 짧은 바지를 입고 부모님을 도와 판매를 하고 있었다. 나는 새로 산 보라색 옷에 어울릴 귀걸이를 구경하며 고르고 있었다.

갑자기 옆에 서 있던 딸이 내 옆구리를 찔렀다. 쳐다보니 작은 목소리로 주위에서 알아듣지 못하도록 한국말로 속삭인다. "저 남자가 이 아이의 사진을 찍어." 서툰 한국말을 빨리 이해하지 못하여 주위를 두리번거렸다. 머리가 조금 벗겨졌으나 대단히 점잖아 보이는 중년의 남자가 휴대전화를 손에 쥐고 팔을 내려 아가씨의 다리를 위아래로 비추며 녹화를 하고 있었다. 순간, 마치 내가 무얼 잘못한 것처럼 가슴이 덜컹 내려앉았다. 몸은 얼어붙은 듯 꼼짝을 할 수 없었다. 우리의 시선을 느꼈는지 그가 고개를 돌려 딸을 노려보았다. 당황한 나는 황급히 딸을 돌려세워 어깨를 껴안고 사람들이 몰려있는 간이음식점을 향해 빠르게 걷기 시작하였다. 신고라도 할까 봐 불안했는지 바짝 뒤를 쫓아오던 그 남자는 우리가 사람 사이에 섞이는 것을 보고는 슬그머니 방향을 틀어 사라졌다.

여전히 당혹해하는 딸의 손을 잡아끌고 집으로 돌아왔다. 놀란 가슴을 진정시키고 난 후 비로소 이런저런 생각이 들기 시작했다. 나는 왜 아무 소리도 못하고 그 자리를 피했을까. 그 사람의 눈이 너무 무서웠기 때문일 것이다.

도둑 촬영을 하는 남자를 목격한 날, 저 안쪽에 숨겨두었던 기억 하나가 불쑥 튀어 올랐다.

중학교 일학년 때였다. 학교에서 돌아오는 길이었다. 막 골목길로 발을 들여놓는 순간 시커먼 옷을 입은 남자의 뒷모습이 보였다. 그의 커다란 손이 영순이의 두 볼을 잡고 키스를 하고 있었다. 영순이는 우리 옆집에 사는 10살짜리 귀여운 여자애였다. 인기척을 느낀 그가 열에 들뜬 눈으로 나를 돌아보더니 후다닥 뛰어갔다. 그는 골목 앞의 목욕탕 보일러실에서 일하는 남자였다. 그야말로 눈 깜짝할 사이여서 영순이는 무슨 일이 일어났는지도 깨닫지 못하는 것 같았다. 나는 가슴이 두근거려서 대문을 박차고 집으로 뛰어들었으나 가족 누구에게도 그 일을 말할 수 없었다. 그 후 골목길을 들어서기 전에 나는 늘 긴장하고 골목 안쪽을 먼저 살피곤 했으나 영순이를 바로 쳐다볼 수 없었다. 그가 목욕탕에서 더 이상 보이지 않을 때까지 내 불안증은 계속되었다.

세월이 많이 흘렀어도 나는 여전히 무력하다. 삶에 모험이나 도전을 하기보다는 늘 체념하고 도망가던 나의 모습을 다시 보고 있다. 또 이런 상황에 놓이지 않기를 간절히 바란다. 그러나 어쩔 수 없이 맞닥뜨린다면 적어도 외마디 소리라도 내고 싶다. 이제부터 소리지르는 연습이라도 한다면 조금이라도 도움이 될까.

죽었어?
죽었지!

가을 하늘은 참 맑고 공기는 부서질 듯 청량하다. 집 근처 공원이다. 손자가 선수로 있는, 지역 내 초등학교 야구팀의 경기가 이곳에서 열리고 있다. 부모들의 숫자만큼이나 많이 나온 할머니 할아버지가 야외용 의자에 앉아서 열심히 응원하고 있다. 경기는 한참 달아오르고 덩달아 관람하는 가족들 역시 신이 난다.

갑자기 뒤에서 한국말이 들린다.

"죽었어? 죽었지!"

말의 내용이 살벌한 데 비하여 음성은 매우 밝다. 돌아보니 그 음성의 주인공, 한국 할머니가 환하게 웃고 있다. 손자의 야구 경기를 보러 매주 경기장에 나오신다는 분이다. 잠시 한눈을 파는 사이에 상대 팀의 타자가 태그아웃되었나 보다. 곁에 앉은 할아버지에게 확인하며 기뻐한다. 나도 '맞아요, 죽었어요'라고 입속으로 대답한다. 한국인만이 느낄 수 있는 그 말의 표현이 새삼 재미있어 웃음이 난다.

과장하여 말하고 싶거나 느낌을 강조할 때 한국인은 죽겠다, 또는 죽고 싶다 등의 말을 많이 한다. 적어도 이민 온 우리 세대들이 오랫동안 자주 써 온 말이다.

어려서부터 집을 떠나 기숙사가 있는 학교에서 공부한 조카가 있다. 그는 한국말을 잘 못 하지만 유일하게 맛깔스럽게 하는 말이 있는데 '아이고 죽겠다' 이다. 어째서 그 말만 잘하는지 물었더니 그 말은 다른 말로 대체가 불가능하고, 꼭 그렇게 말했을 때만이 실감이 난다고 한다. 아마 그의 부모인 언니 부부가 무심코 그런 말을 자주 썼던 거 같다.

미국에서는 액면 그대로의 뜻으로 해석되어 곤혹스러운 경우에 처하게 될 때가 있다. 대학 기숙사에서 한인 유학생이 학업과 장래진로에 대한 염려와 스트레스 때문에 죽고 싶다고 말했다가 강제로 병원 응급실에 실려 간 적이 있다. 우울증에 의한 자살이 염려된다고 백인 룸메이트가 학교 당국에 신고한 것이었다. 한 번 그렇게 입원하면 관찰이 필요하다며 24시간 퇴원시켜 주지 않는다.

형사법 전문 한국 변호사에게서 들은 이야기다. 심하게 말썽을 부리는 십대 아들에게 화가 나고 안타까운 마음에 자신도 모르게 '너 죽고 나 죽자' 하고 말했다가 중죄의 혐의를 받은 한인도 있었다고 한다. 한국의 언어와 문화를 설명하느라고 그 변호사는 진땀을 흘렸다고 한다.

모국어는 생각하며 말하는 게 아니라 그냥 입에서 나오는 대로 말하는 것이다. 사는 곳에 따라서 혹은 민족에 따라 그들의 역사와 문화가 쌓여가며 언어는 생성된다. 때로는 같은 단어가 전혀 다른 뜻으로 사용되기도 하고, 너무 심한 과장법으로 쓰이기도 한다. 우리의 '죽겠다'처럼. 우리 한국인이 죽겠다는 말을 많이 했던 것은 일제 강점기와 전쟁을 겪으며 죽음이 늘 우리 가까이 있었던 게 원인이 아니었을까.

게임이 끝났다. 손자네 팀이 상대방을 많이 '죽이기'도 했지만, 게임에 졌다. 손자가 나를 보고 손을 흔든다. 이민

3세인 우리 손자는 한국말을 잘 못 한다. 한국말을 가르쳐 보려고 노력했으나 아직 큰 성과가 없다. 이 아이에게는 내가 하는 말이 곧 한국말의 기준이 될 것이다.

작년에 한국을 방문했을 때 친구가 말했다. 내가 이제는 한국땅에서는 들을 수 없는 화석같이 된 어휘를 가끔 쓴다고. 물이 흐르듯이 언어도 흐른다. 사회가 변하며 새로운 문화가 피어나고 그에 따라 언어도 같이 변해간다. 나도 언어에 관한 한 시대를 따라잡으려고 나름대로 애써 왔는데, 어쩔 수 없이 드러나는가 보다.

다음 세대를 위하여도 모국어의 움직임을 따라잡기 위해서 열심히 새로운 어휘 공부를 해야 할까 보다.

벽에
갇히다

아침부터 서둘러 나왔다. 증명서를 뗄 일이 있어서 법원을 찾아갔다. 주차장이 복잡하여 한참을 돌다가 겨우 빈자리를 찾았다. 관공서를 찾아가면 으레 그렇듯이 보안 검색대를 거치고, 안내 사무실 앞에서 오래 기다린 끝에 겨우 담당 사무실을 찾았다.

창구에는 여자 직원 두 명이 앉아있다. 나는 관청에만 가면 왜 그렇게 주눅이 드는지, 직원 중에 누가 더 친절할까 두 여인의 인상을 살피며 속으로 부지런히 저울질한다. 내 나이와 비슷한 사람이 좀 나을 것 같아서 중년의 여직원

앞에 선다.

　오전인데 그녀는 벌써부터 피곤해 보이고, 난 조심스럽게 찾아온 이유를 설명한다. 그녀는 무표정하게 종이 한 장을 내주면서 내용을 기재하고 컴퓨터에 가서 신청하란다. 컴퓨터에 입력할 때에 주의할 점을 설명하기는 하는데 너무도 기계적으로 빨리 말한다. 홀 안을 돌아보니 개인이 온 경우는 거의 없고 변호사들이 대리인으로 와서 신청하는 듯, 그들은 접수대를 거치지도 않고 컴퓨터로 직행하여 서류를 작성한다. 어쩌다가 변호사가 직원에게 질문하면 그녀는 농담까지 하며 친절히 대답해 준다.

　나는 겨우 서류 한 장 작성하기도 쉽지 않다. 잘못 기재할까 걱정이 되기도 하고, 어떤 난에는 어떻게 써야 하는지 몰라 다시 접수대 앞으로 간다. 이번에는 처음 여인이 아니고 조금 젊어 보이는 여인 앞에 선다. 그녀의 표정도 마찬가지다. 눈길도 주지 않고 손끝으로 톡톡 컴퓨터 자판을 두드린다. 그녀는 내가 쓴 서류를 훑어보더니 증명서를 떼어주며 26불 50전을 내라는데 말투가 쌀쌀맞다. 마침 가진 게 50불짜리뿐이라서 그걸 건넨다. 그녀가 잔돈 24불 50전을 내준다. 내가 착오를 한 걸까 잠시 생각해 봤지만, 그녀가 잘못 계산한 게 틀림없다.

　1불을 돌려주며 거스름돈이 더 왔다고 한다. 그녀는 무슨 말인지 얼른 알아채지 못하고, 아니 자신이 계산을 틀리게 했다는 것을 믿지 못하겠다는 듯 나를 빤히 쳐다본다. 나는 한 번 더 말한다. 그녀는 얼굴을 돌려 컴퓨터에 계산해본다. 그러더니 당신 말이 맞는다며 고마워한다.

　계산을 잘못할 수도 있는 일이라고 나는 대수롭지 않게 생각하지만, 그녀는 매우 무안한가 보다. 옆의 동료를 향해 몸을 숙이고는 ‘쟤네들은 수학은 잘해.’ 하며 소곤대는 소리가 들린다.

　증명서를 받아들고 나오다가 의문점이 생겨서 확인해 보려고 다시 접수대 앞에 선다. 그녀가 처음과는 다르게 환하게 웃으며 질문에 친절하게 설명을 해 준다. 내가 갑자기 똑똑해 보였을까? 아니면 돌려준 1불이 효과를 낸 것일까?

　증명서 한 장 떼는 게 별일도 아니지만 나는 마치 큰일을 잘 치러낸 듯 몸도 마음도 가뿐하고 자랑스러운 기분까지 든다. 올 때보다 주차장은 많이 비어있다. 차를 타러 가다 뒤를 돌아본다. 회색빛 콘크리트 법원 건물이 육중하게 버티고 서있다. 범접하기 어려운 완강한 힘이 느껴진다. 나는 마치 편견의 벽에 갇혔다 풀려 나온 것 같다. '동양인은 수학을 잘해'라는 스테레오 타입의 관념을 강화해준 건 아닐까. 미국에는 다양한 인종과 민족이 섞여 사니 그만큼 스테레오 타입으로 일반화된 관념이 많다. 대부분 부정적인 것이 많아서 그 그룹에 속한 사람들은 상처받기도 하고 극복하기 위하여 안간힘을 쓰기도 한다.

긍정적인 것이 꼭 좋은 것만은 아니어서 그 그룹의 정해진 이미지에 속하지 않는 개인은 또 그대로 불편함을 느낀다. 언젠가 딸의 한인 친구들이 모여서 이야기하는 걸 들었다. 미국에서 아시안 여자들은 참을성이 많다는 인식이 있어서 직장생활에서 만만히 보기도 하고, 결혼생활에서도 남편의 기대치가 너무 높은 것 같다고 했다.

나도 갇히고 때로는 남을 가두기도 하는 선입관과 편견은 버리기가 쉽지 않다. 고정관념의 벽, 높고도 단단하다. 갑자기 피곤이 몰려온다.

아직 이른 오후건만 거리에는 벌써 차들이 붐비고 있다.

그게
다가 아니었다

살다 보면 때로는 절실히 원하는 것이 있다.

대중교통이 발달하지 않은 엘에이로 1970년대 초에 이민 온 우리에게 제일 필요한 것은 운전면허증과 자동차였다. 남편이 필기시험에 합격하여 퍼밋을 받은 후 우리는 중고차를 샀다. 그때는 퍼밋만 있어도 차를 살 수 있었다. 자동차 대금을 치르고 나니, 수중에 돈이 얼마 남지 않았다. 일자리를 찾아 여기저기 알아보았으나 취직이 쉽지 않았다.

어느 날, 엘에이에서 2시간 정도 떨어진 시골 도시에 있는 작은 회사에 일자리가 있다는 연락을 받았다. 그나마 막 생기기 시작한 엘에이 한인타운과 거리가 멀고, 남편이 운전면허증이 없다는 것이 마음에 걸렸으나 이사를 감행했다.

일하러 갈 때는 아침마다 남편의 직장동료가 우리 집에 와서 같이 차를 타 주어서 남편은 운전 실습도 하고 길도 익혔다. 한 달쯤 지나서 남편이 어느 정도 운전에 자신이 있다 하여 실기시험을 쳤으나 떨어졌다. 운전면허 없이 산다는 것이 몹시 불안하고 초조하였다. 그때 나는 절박한 심정으로 남편에게 "당신이 운전면허증을 따면 더는 원이 없겠다."고 습관처럼 말했다.

되도록 외출을 삼갔으나 식료품이 떨어지면 할 수 없이 남편이 운전하여 같이 나갔다. 마켓에서 집으로 돌아오는 길, 신호등 앞에 서 있는데 갑자기 뒤에서 요란한 소리가 났다. 돌아보니 경찰차가 사이렌을 울리고 있었다. 빨간 불이 빙글빙글 돌아갔다. 면허증도 없는데, 가슴이 덜컥 내려앉고 머릿속이 하얗게 빈 느낌이었다. 남편도 아마 잠시 제정신이 아니었던 듯하다. 갑자기 가속페달을 밟았다. 도망치듯 급하게 차를 몰았지만, 알고 있는 길이 편했는지 차가 도달한 곳은 우리가 사는 아파트 앞이었다. 만약 요즈음 그렇게 도망치는 것같이 보이는 행동을 했다면 즉시 수 갑이 채워졌을 것이다. 아니면 무슨 일을 당했을지 지금 생각해도 끔찍하다.

어느새 다가온 경찰이 차 안을 들여다보았다. 얼이 빠진 듯 멍하니 있는 우리 부부를 보더니, 헤드라이트를 툭툭 치며 해가 졌는데 왜 불을 켜지 않았느냐고 했다. 그러고 보니 사방이 어둑어둑했다. 운전면허증을 달라고 하니 남편은 얼굴이 굳어진 채로 한국에서 만들어 온 국제면허증을 내놓았다. 경찰은 고개를 숙여 자세히 들여다봤다. 꽤 많은 시간이 흐른 것처럼 느껴졌다. 진땀이 나고 입이 말랐다. 경찰은 국제 면허증을 그냥 돌려주며 이번만은 봐주겠는데 빨리 운전면허증을 받아야 한다고 했다. 우리는 가슴을 쓸어내리며 돌아서는 경찰을 향해 '땡큐' 소리를 여러 번 해댔다.

남편이 금요일에 결근하고, 운전시험을 봤다. 또 불합격이었다. 길도 복잡하지 않고 교통량도 적은 곳에서 또 떨어졌으니 남편 본인도 답답했겠지만 나도 이만저만 실망한 게 아니었다. 남편은 필기시험을 본 할리우드에 가서 다시 실기시험을 보겠다고 했다. 다급하기도 했고, 화가 나기도 했는가 보다. 그래서 우리는 길을 나섰다. 서툰 운전으로 좌우로 흔들흔들하면서 2시간 동안 고속도로를 달려서 할리우드 차량국에 도착했다. 땅에 내려선 나는 어지러워서 주저앉고만 싶었다. 연락을 받은 언니가 그곳에 나와 주어서 남편은 실기시험을 치를 수 있었다. 한적한 곳에서는 떨어지고, 같은 날 금요일 오후에 교통이 복잡하기 이를 데 없는 할리우드에서 합격했다. 그때 나는 좋아서 펄쩍펄쩍 뛰었다. 시험관에게 뽀뽀라도 할 수 있을 것같이 기뻤다. 무표정이던 시험관이 슬쩍 미소를 지으며 사무실로 들어갔다. 나의 간절한 바람은 이루어졌다.

그때는 정말 그랬다. 내가 늘 말하던 대로 운전면허증만 있으면 더는 원하는 게 없을 것 같았다. 그러나 그게 다가 아니었다. 나는 쉽게 또 아주 빠르게 그런 마음을 잊었다. 곧 원하는 또 다른 것들이 생겨났다. 처음에는 꼭 필요한 것만 원했으나 나중에는 많은 욕심을 내게 되었다. 그렇게 끊임없이 새로운 것, 더 좋게 느껴지는 것을 원하며 살고 있다. 지금까지도.

미시즈 워터만

오랜만에 미시즈 워터만(Mrs. Waterman)이 전화했다. 그녀는 내 생일은 잊어도 남편의 생일은 잊지 않고 축하 전화를 해 준다. 긴 세월 알고 지내는 사이이기는 하지만 그녀가 남편의 생일을 그렇게 잘 기억할 수 있는 이유는 자신의 손녀 생일이 남편의 생일 하루 전날인 까닭이다.

그녀는 한인타운에 있는 찜질방에 같이 가자고 했다. 한 번 갔다 오면 피곤이 풀리고 몸이 가벼워져서 그녀는 10장씩 또는 20장씩 나오는 할인 입장권을 구매하여 자주 간다고 한다. 나는 한국식 찜질방에 가는 걸 별로 좋아하지 않아 찜질방에 가는 것은 좀 어렵겠다고 하니 실망한 것 같았는데도 전화를 끊지 않고 수다를 떤다. 그녀는 수년간 우리 회사에서 판매사원으로 일했다. 여전히 입담이 좋고, 포르투갈어의 억양을 섞어서 말도 경쾌하게 한다.

그녀는 오늘 기분이 별로여서 남편에게 어제 끓여 놓은 수프나 데워 먹으라고 했다고 한다. 남편에 대한 불평을 한참 늘어놓더니 이야기가 강아지로 넘어갔다. 비가 올 때도 자기가 산책시켜야 하고 매사를 돌보니 힘들다는 하소연이다.

그런데 어째 손녀 이야기가 없다. 그러고 보니 그녀에게서 손녀 이야기를 들은 지 꽤 됐다. 그녀는 자신의 손녀딸 이야기를 하고 싶으면 꼭 우리 딸 소식을 묻곤 했다. 지금 생각해 보니 꽤 오랫동안 그녀는 우리 딸 이야기도 묻지 않았다. 그녀에게는 아들이 낳은 손녀가 있는데, 우리 회사에서 일할 때는 그녀가 돌보고 있었다. 아들은 이혼했다고 했다. 그 아이는 어려서부터 특별히 예쁘고 날씬해서 광고 모델이나 배우가 되고 싶어 했고 오디션에도 많이 참석했다. 미시즈 워터만에게 그 손녀는 자랑이고 기쁨이었다. 회사에서 시간을 내서 손녀를 여러 학원이나 촬영장에 데리고 가기도 했다.

길게 늘어지는 그녀의 말을 끊고 내가 그녀의 손녀 근황을 물었다. 그녀가 짧게 대답했다.

"잘 몰라."

의외의 말에 내가 당황해 버렸다. 어째서?

"몰라. 어떻게 된 일인지, 어떤 이유인지."

"그 애가 지금 몇 살이지?"

"지금 28살, 그런데 말해 본 지 오래됐어. 내 전화는 안 받아. 아무래도 저의 엄마가 나에 대하여 나쁘게 말한 것 같아. 나는 그 아이의 생일이나 크리스마스 때에 꼭 선물을 보내는데, 아무런 답장도 연락도 없어, 왜 그러는지도 나는 몰라."

그녀가 손녀에게 쏟은 정성을 아는지라 나는 놀랐다. 묻고 싶은 말이 많았지만 아무 말도 못 했다.

그녀는 "난 괜찮아, 정말 괜찮아" 하며 괜찮지 않은 음성으로 말했다. 그녀답지 않게 목소리가 가라앉았다. 그렇듯 침울한 말소린 처음이다.

전화를 끊고서 그녀 아들의 근황이라도 물어볼 걸 그랬나 했지만 말하지 않은 이유가 있을 거라는 생각이 들었다. 늘 바빴던 아들을 대신해서 미시즈 워터만은 손녀를 정성으로 돌봤으며, 손녀 역시 그녀를 무척 따랐다. 그녀는 손녀가 어머니날에 만들어 준 커다란 카드를 내게 보이며 그 내용을 읽어 주기도 했다. 손녀가 선물로 주었다고 앙증맞은 하트 모양의 금속이 달린 팔찌를 내보이며 자랑한 적도 있다.

그동안 둘 사이에 무슨 일이 있었던 건가? 온 마음을 쏟았던 손녀로부터 노년에 배척받는 기분이 어떤지 짐작이 간다. 그래도 자기는 괜찮다고 하던 그녀의 음성이 자꾸 마음에 걸린다. 찜질방에 가서 그녀 옆에 가만히 있어 주기라도 할 걸 그랬나. 그곳에 가면 몸이 따뜻하고 가벼워진다는 그녀, 마음도 곧 편안해지기를 바란다.

첫 번째
호세

미국에서 비즈니스를 시작한 지 얼마 되지 않았을 때다. 남미 계통의 청년이 우리 사무실에 들어왔다. 얼굴에 흐르는 땀을 소매 끝으로 닦으며 숨을 골랐다. 한여름인데 차도 없이 먼 길을 걸어온 듯 지쳐 보였다. 잠시 머뭇거리더니 혹시 일자리가 있는지 알고 싶다고 했다. 당장 직원이 더 필요한 것은 아니지만 얼굴에서 풍기는 느낌이 선량해서 다음날부터 나오라고 그랬다.

그가 호세이다. 호세라는 이름은 남미계로는 흔한 이름이어서 그 후로도 많은 호세가 회사에 들어왔는데 그가 나에게는 첫 번째 호세였다.

호세는 처음 인상 그대로 성실하고 충실해서 그를 믿고 많은 것을 맡겼다. 그가 우리 회사에서 일한 지 삼 년쯤 지난 어느 날, 그가 갑자기 사라졌다. 훌리오라는 다른 직원 한 명과 물건 운반을 나갔는데 호세는 돌아오지 않았다. 훌리오에 의하면 샌디에이고에서 이민국 경찰이 길을 막고 신원조사를 하더란다. 호세는 차에서 뛰어 내리더니 운전석에 훌리오를 앉히고 어떻게든 빠져나가라며 샛길로 사라졌단다. 어디로 갔는지 모르겠지만 아마도 멕시코로 갔을 거라며 말을 흐렸다. 내용을 자세히 듣고 보니 호세는 영주권이 없었는데 사면을 받을 기회가 왔다고 한다. 그런데 잡혀서 기록이 남으면 영주권을 받을 수 없어서 도망을 간 거라고 했다.

우리는 그를 기다렸다.

두 달이 지나서야 호세가 돌아왔다. 어떻게 왔느냐고 묻지 않았다. '아마 담장이 낮은 곳으로 넘어왔겠지.' 짐작만 하였다. 그는 돌아온 뒤에도 여전히 열심히 일했다. 나중에 입사한 다른 직원들에게도 일을 가르치고 이끌어 나갔다. 임금을 꼬박꼬박 받으나 그의 생활이 나아진 것 같지는 않았다. 십여 명이 사는 집에서 적은 월세를 내고 잠만 잤다. 최소한의 돈만 쓰고 나머지는 다 고향에 있는 부모에게 보내야 하기 때문이었다. 그런 형편에서도 호세는 언제나 순진한 얼굴에 미소를 띠고 있어 주위 사람을 편안하게 해주었다.

　여러 해가 지난 후, 호세가 드디어 영주권을 받았다. 그가 환하게 웃으며 초록색 카드를 흔들어 보였을 때 나도 기뻐서 그를 얼싸안고 축하했다. 그 후 가족을 멕시코에서 데려와 함께 더욱 열심히 일하며 돈을 모았다. 부동산 붐이 일 때였다. 아무래도 남가주보다는 새크라멘토가 집을 장만하기가 수월하다며 정든 이곳을 떠났다. 그곳에서 집을 사고 직장을 얻고 늦은 나이에 결혼도 했다며 나에게 간간이 소식을 전해왔다. 지금은 연락이 끊겼으나 그가 이룬 소박하지만, 성공한 삶은 내게도 기쁨이다.

　요즈음 미국에서 삼십 년 이상 살면서 가정을 이루고 아이들을 낳아 키웠으나 법적 서류가 없어 추방 명령을 받고 이산가족이 된 가장의 이야기를 종종 듣는다. 법이 그렇다고 하지만 안타깝다. 이런 이야기를 접할 때마다 나는 호세가 생각난다. 다시 돌아올 보장도 없으면서 실낱같은 희망을 품고 국경을 넘어갔던 그는 얼마나 절실했을까. 포기하지 않고 나아가기 위하여 아마도 그는 자신을 계속 일으켜 세웠을 것이다. 담장을 넘는 위험을 감수하며, 불안 가운데 살면서도 미소를 잃지 않았던 것은 아마도 그의 꿈을 향한 의지와 이루어지리라는 확신, 그리고 가족에 대한 깊은 사랑일 것이다. 무엇보다도 성실과 근면이 그가 원하던 것을 갖게 해 주었다.

지금도 이 거리에, 또 국경 너머에 수많은 호세가 살아가고 있다. 트럼프 대통령은 취임하자마자 이웃 나라인 멕시코와의 국경에 담장을 쌓겠다고 선언했다. 복잡한 정치적 속내야 알 수 없지만 복을 조금 덜 받은 이웃을 너그럽게 봐줄 수는 없는 건가. 이웃 간의 울타리는 낮을수록 좋을 것 같다. 행복한 이의 웃음소리는 얕은 담장을 쉽게 넘어 이웃에게도 전파되니까.

2

말이
부족해

마음은 목표도 없이 갈피를 잡지 못하고
거미줄같이 엉킨 전파를 통하여 사방을 헤매고 있었다.
점점 비어져 가는 나 자신을 잊고 있었다.
휴대폰은 매일 충전하면서,
자신은 너무 오래 내버려 두었다.
나 자신의 충전이 필요해.
전기가 나가며 사방은 어두워졌지만,
그 대신 내 안에 작은 불이 켜진다.
언어를, 글을, 생각을 받아들여 쌓고 싶은 생각이 든다.
손끝으로도 모든 걸 할 수 있다는
게으르고 익숙한 생각의 유혹은
참으로 달콤했었다.
- 본문 중에서

충전이
필요해

정전이다. 하필이면 더위가 한창인 이때에, 컴퓨터 화면이 갑자기 꺼지고 조금 전까지 소리를 내던 세탁기도 조용해졌다. 혹시나 하여 집안을 돌아다니며 벽의 전기 스위치를 올려본다. 죄다 먹통이다. 물론 에어컨도 멈춰버렸다.

우리 집만 전기가 나갔으면 어쩌지, 난 퓨즈 박스가 어디 있는지도 모르는데. 무얼 하겠다는 작정도 없이 대문을 열고 밖을 내다본다. 한여름의 햇빛만 하얗게 쏟아지고 있다. 적막하기까지 하다.

갑자기 할 일이 없어 무료하다. TV 리모컨을 들어 스위치를 눌렀는데 켜지질 않는다. 아, 정전이지. 피식 웃음이 난다. 휴대폰에 빨간 사인이 깜박거린다. 전화기를 바꿀 때가 되었는지 얼마 전부터 배터리 방전이 유난히 빨리 된다.

비로소 정전이라는 현실감이 들면서 조금 불안하다. 늦게까지 전기가 안 들어오면 차를 타고 나가지 뭐. 그런데 전기 없이 차고를 열 수 있나? 아마 수동으로도 열 수 있을 거야. 아직 해가 지지 않았지만, 집안은 벌써 어둑신하다. 서둘러 초를 찾아 꺼내 놓는다. 출출하다. 더 어둡기 전에 무얼 좀 먹어야겠는데 스토브가 작동을 안 하니 어떡하지, 마이크로웨이브? 아니 그것도 안 되지, 전기 포트도, 토스터도 지금은 다 무용지물이다. 시간은 많아졌는데 할 수 있는 일이 없다.

정전되기 전에 친구가 휴대폰으로 보내준 사진을 보고 있었다. 엘에이에서 캐나다로 운전해 가면서 여정을 꼼꼼히 적어서 보내 준 사진들이다. 이곳은 더위가 한창인데 사진 풍경들은 온통 눈밭이다.

지금의 세상은 무선으로 세상과 연결되어 있다. 음악도 듣고, 필요한 검색도 하고, 메일도 주고받으며 수다도 떤다. 수백 마일 떨어진 곳의 풍광을 실시간으로 볼 수도 있다. 우리 생활은 그렇게 많이 변해 버렸다.

깜빡거리던 휴대폰이 이제는 완전히 꺼져버렸다. 막막한 기분으로 허둥지둥 거실에서 서성인다. 왜 이렇게 막연하게 초조한 거지? 전화기의 메시지 도착 신호음이 귀에 들리는 것같이 느껴진다. 도착 대기 중인 문자들이 공중에 줄지어 떠 있다. 빨리 받아들여야 할 텐데 먹통인 전화기를 보니 답답하다. 불안증이 생긴 것처럼 진득이 앉아 있지를 못하겠다. 나도 모르게 서성인다. 연락을 바로 해주지 않으면 상대방이 걱정하거나 오해할 수 있다. 휴대폰의 배터리가 내 에너지의 원천이었던가, 기운이 없다. 마치 내 몸의 배터리가 모두 방전된 것처럼 무기력하지만, 습관처럼 여전히 휴대폰을 만지작거리고 있다.

소파에 주저앉아 등받이 위로 머리를 젖힌다. 조용하다. 그동안 그렇게나 많은 소음에 갇혀 지냈나 보다. 얼마나 그렇게 있었는지, 부산스러운 마음이 가라앉는다. 먼지같이 머릿속을 뿌옇게 날아다니던 것들이 서서히 내려앉으며 생각이 조금은 선명해진다.

쉽고 편리하고 빨라서 손에서 놓지 않던 휴대폰ー, 언제부턴가 내 손을 내 마음을 잡고 있었다. 내가 잡고 있는 줄 알았는데 휴대폰, 그가 슬그머니 내 시선과 정신을 붙들고 있었다. 마음은 목표도 없이 갈피를 잡지 못하고 거미줄같이 엉킨 전파를 통하여 사방을 헤매고 있었다. 점점 비어져 가는 나 자신을 잊고 있었다. 휴대폰은 매일 충전하면서, 자신은 너무 오래 내버려 두었다. 나 자신의 충전이 필요해.

전기가 나가며 사방은 어두워졌지만, 그 대신 내 안에 작은 불이 켜진다. 언어를, 글을, 생각을 받아들여 쌓고 싶은 생각이 든다. 손끝으로도 모든 걸 할 수 있다는 게으르고 익숙한 생각의 유혹은 참으로 달콤했었다.

손은 나도 모르게 나아가 책을 집어 든다. 잘 읽히지 않아서 밀어 두었던 책이다.

여름날 저녁, 촛불 아래서 책을 펴든다.

클릭! 클릭!

사진 정리를 시작했다.

그동안 여기저기 쌓인 사진을 볼 때면 마음이 어수선하여 정리해야지 벼르기만 했다. 사진을 정리하면서 간편한 디지털시대에 아직도 나는 구시대를 사는 느낌이었다. 선반을 송두리째 차지한 앨범의 부피도 부담스러워진 지 오래다. 사진들을 모으니 작은 상자로 두 개가 넘는다. 이참에 사진을 모두 컴퓨터에 저장하려고 스캐너를 샀다.

세 살 남짓할 때를 시작으로 몇 안 되는 사진 속에 나의 유년 시절이 담겨있다. 파마머리의 꼬마가 신혼여행 갔다 온 삼촌과 숙모의 손을 잡고 청진동의 막다른 골목을 걸어

나온다. 꽃무늬 주름치마를 입은 아이가 할머니께 절을 하고 있는 사진들 할머니 환갑잔치 때다. 30대 중반의 아버지 어머니는 활기차 보인다. 삼촌은 갓 돌 지난 첫딸을 안고 흐뭇한 미소를 짓고 있다. 오빠는 초등학교 하복을 입고 뽐내는 표정으로 서 있다. 그런데 왜 운동화 두 짝의 좌우를 바꿔 신고 있을까.

어느덧 단발머리 여학생으로 자라난 나는 경주로 수학여행을 떠난다. 기차 안에서 함께 김밥을 나누어 먹고 있는 친구, 얼굴이 동그래서 더 다정해 보이던 친구를 이제는 만날 수도 없다. 대학에 입학하던 봄날 어이없는 교통사고로 홀연히 떠나버렸다. 사진 속 할머니도, 삼촌도, 친구도, 오빠마저도 어느 순간엔가 다 영원히 사라졌다. 찰나 속에 영혼을 담아 둔 그들은 지금 모두 어디에 있는 걸까? 세월은 덧없고 사진만이 남았다.

결혼식 사진을 시작으로 흑백은 컬러로 바뀌었다. 그런데 흑백 시절이 컬러 시대보다 더 애틋하고 선명하다.

배경이 미국으로 바뀌고 식구도 늘었다. 아이들이 자라면서 사진들이 갑자기 많아진다. 국립공원으로, 캠핑장으로 부지런히 나다녔다.

클릭! 클릭!

스캐너로 복사된 사진들이 컴퓨터에 저장된다.

최근에는 사진을 찍거나 찍히는 것을 즐기지 않아 사진이 그리 많지 않다. 더구나 디지털카메라에 저장되어 있어서 일이 수월하다.

때마침 집에 들른 아들에게 따로 정리해 놓은 그의 사진을 주었다. 삼십 대인 아들은 별 관심을 보이지 않는다. 현재가 바빠서 과거를 볼 여유가 없는가. 오히려 손자가 자기 아빠의 어린 시절 사진을 흥미 있게 들여다본다.

"흠, 아빠가 어릴 때 꼭 나같이 생겼었는데."

자신의 사진도 심드렁해하는 아들을 보면서 내 시대의 사진은 내가 정리하기를 잘했다고 생각한다.

길고 긴 수십 년 세월이 사진으로 정리되는데 고작 일주일이 걸렸다. 하긴 때로는 한순간같이 느껴지기도 하는 게 지나온 시간이다. 고심하던 숙제를 마친 것 같은 기분으로 다시 사진들을 본다.

클릭! 클릭!

옛 시절이 눈앞에 펼쳐진다. 그런데 웬일인가. 컴퓨터 안의 사진들이 낯설기만 하다. 같은 사진도 낡은 앨범에 있던 사진과 똑같지 않다. 묵은 종이의 눅눅한 냄새 사이로 피어오르던 그리움이 홀연히 사라져 버렸다. 귓가에 들려오던 음성도 뚝 끊어졌다. 눈에 보이는 것 그 뒤편으로 옛 시절이 모조리 숨어버렸다. 턱없이 밝고 선명한 사진을 쏘아대는 모니터 화면 앞에서 잠시 허둥거린다.

손가락 하나만 까닥하면 사진들이 순식간에 눈앞에 나타나지만, 또 한순간에 사라질 수도 있다. 문득 내 삶도 같은 모습이라고 여겨진다. 내 것이려니 여기고 살았던 것도 어쩌면 내 것이 아닌 것을.

어느 봄날 인화된 사진을 정리했고, 곧 컴퓨터 안에 남겨 둔 사진도 정리했고, 그 다음엔 내게 남은 소소한 미련조차 정리했다. '그리고 모든 것이 사라졌다.' 이것이 미래의 내가 오늘의 나를 뒤돌아보며 하는 말이 될 것 같은 예감이다.

그 골목
그 아이

종로통에서 수송동을 향하여 북쪽으로 가다 보면 오른쪽으로 작은 골목이 있다. 아니, 아직도 있는지 확실하지 않으니 있었다고 하는 게 낫겠다. 골목은 대여섯 명이 나란히 서서 걷기도 힘들 정도로 좁다. 그 골목 안, 대문이 남쪽을 향한 집에 몸이 약한 여섯 살짜리 여자아이가 살았다.

그 여자애는 하루가 길고 무료했다. 언니와 오빠는 학교에 가고, 엄마는 할아버지가 물려주신 상점을 관리하느라 자주 집을 비웠다. 가끔 엄마를 따라 나갈 때도 있었지만, 낮에는 대부분을 할머니와 지내야 했던 아이는 집 앞 골목을 자주 기웃거렸다.

그 골목에는 여덟 살짜리 남자아이가 있었다. 막다른 길 끝에 있는 여관집 아들이었다. 원래는 요릿집이었으나 어느 겨울날 불이 크게 나서 전소하였다. 그 터 위에 새로 건물을 짓고 업종을 바꾸었다. 그 여관집 아이는 오빠보다 한 살이 어렸는데도 더 성숙해 보였다. 키도 더 크고 얼굴은 검은 편이었으며 목소리는 굵고도 낮았다. 웬일인지 그는 학교에 다니지 않았다. 집안 어른들은 그 아이가 업둥이라고 수군거렸다.

건넛집에는 진희라고 불리는 다섯 살의 어린 계집아이가 살았다. 그 아이는 살림하고 아이 봐주는 언니와 늘 둘이서만 있었다. 진희 아버지는 집에 자주 들어오지 않았다. 아버지가 집에 올 때면 말도 잘 듣고, 예쁘게 보여야 한다고 했다. 그렇게 하라고 엄마가 여러 번 말했다고, 진희는 다짐하듯 말했다. 진희 엄마는 매일 바쁘게 어딘가를 가 낮에는 집을 비웠다. 진희는 나이답지 않게 당찼다. 나이가 열대여섯은 되어 보이는 식모 언니를 마치 동생처럼 다그쳤다. 자기가 원하는 것은 생떼를 써서라도 꼭 받아내었다. 진희는 그 골목의 대장인 무서운 여관집 아이에게도 싫으면 싫다고 자신의 의사 표시를 잘했다.

그들은 매일 그 골목에서 놀았다. 여관집 아이는 동네 아이들에게 사탕이나 과자를 사주기도 하면서 아이들을 거느리고 다녔다. 때로는 모두를 이끌고 종로에 있는 백화점으로 진출하여 매장 안을 한 바퀴 뛰어서 돌아 나오기도 했다. 놀이터가 없던 그때 그런 행동은 큰 모험 같은 것이었다.

몸이 약한 여자아이는 그 골목 안 아이들이 늘 부러웠다. 자기가 하고 싶은 대로 결정하고 행동하는 것이 너무나 멋져 보였다. 모범생인 언니나 오빠에게서는 볼 수 없는 특별한 매력을 그들에겐 있었다. 길거리에서 파는 것들은 모두 불량음식이라고 엄격하게 금지했던 엄마 때문에 혼자서는 군것질을 사 본 적이 없던 아이는 그들을 흉내라도 내고 싶었다. 달콤한 유혹이었다.

어느 날 그 여자애는 100환을 손에 쥐고 있었다. 어쩌면 10환짜리였는지도 모른다. 어쨌든 어린애가 갖기에는 꽤 큰돈이었다. 물론 어머니가 준 돈은 아니었다. 그 아이 자신도 무엇을 어떻게 했는지 자세히 알지 못한다. 오직 기억하는 것은 가게에 있던 검은색 돈궤를 까치발을 하여 열 수 있었다는 것과 그 안에 있던 돈 중에 제일 위에 있던 것을 집었을 뿐이라는 거다. 가게 안에는 어머니를 비롯하여 많은 사람이 있었는데 여자애가 하는 일을 어떻게 아무도 못 봤는지는 모를 일이다.

돈을 쥐고 한달음에 골목으로 돌아온 아이는 동네 아이들을 불렀다. 먹고 싶은 대로 살 수 있다고 했다. 아이들은 조금 뜨악해하는 표정이었으나 따라나섰다. 사탕도 애들 숫자대로 사고, 과자도 사고, 살 수 있는 건 다 산 거 같다. 그런데 이상하게 써도, 써도 돈이 남는 것이었다. 불안해지기 시작했다. 어쩐지 손에 돈이 남아 있으면 안 될 것만 같았다. 돈을 쓰기 위하여, 돈을 없애기 위하여 안간힘을 썼다. 처음에는 적극적으로 따라다니면서 이것저것 사 먹는데 열심을 부리던 아이들도 슬슬 흥미를 잃어갔다. 해는 져 가는데 아이의 손에는 아직도 여러 장의 거스름돈이 남아 있다.

어느새 동네 친구들은 다 집으로 돌아가고 그 골목은 텅 비었다. 어두워지는 골목에 혼자 서 있으니 가슴이 떨렸다. 늦기 전에 집에 가야 한다. 해가 져도 집에 들어가지 않으면 엄마가 찾으러 나올 것이고 그러면 꾸중을 더 맞을 것이다. 들어갈 수밖에 다른 방법이 없었다. 아이는 부엌일에 바쁜 엄마의 시선이 미처 따라오기 전에 살그머니 방 안으로 들어갈 수 있었다. 그리고는 할머니의 삼층장 안에 돈을 던져 버렸다. 땀이 밴 손안에서 꼬깃꼬깃 구겨진 돈은 그 어두운 장 구석으로 떨어졌다. 엄마는 저녁 내내 별말이 없었다. 평소와 다른 기색을 전혀 나타내지 않았다.

아, 살았다. 안도감과 개운치 않은 느낌이 동시에 일었으나 곧 모든 것을 잊었다. 멋진 그룹, 쿨그룹에 들어가려던 아이의 노력은 그렇게 실패했다. 더 이상의 시도도 없었다.

그 아이는 그때 모습 그대로 아직도 내 안에 있다. 나는 가끔 그 아이와 지금의 나 사이의 관계에 대하여 생각한다. 자신이 무슨 일을 하고 있는지도 모르면서 경험한 어린 시절의 사건 하나가 일생을 통해 발목을 잡기도 하고, 자유를 부여하기도 한다. 지난 일에 대하여 엄마에게 묻고 싶고, 하고 싶기도 한 이야기가 있었으나 엄마가 세상을 떠나갈 때까지도 하지 못했다. 더는 그리 중요한 이야기도 아니었지만 난, 자신을 위한 일이든, 남을 위한 일이든 나서야만 할 때도 나서지 못했다. 내가 가진 게 무언지 알지 못한 채로 살아가며 사랑이든 재능이든 내 것이 아닌가 보다 생각 들면 바로 움츠러들어 그냥 내 앞을 지나가게 하였다. 아쉽기도 했으나 빈손이 가벼워서 편하다고 생각하려고 했다. 아마 그 아이는 내가 생각하는 것보다 훨씬 더 큰 자리를 오랫동안 차지하고 있었는지도 모르겠다.

그 아이가 자기 자신도 남이 갖지 않은 그 무엇을 갖고 있을지도 모른다는 생각이 든 것은 많은 세월이 흐른 뒤였다. 내게 그런 경험이 없었다면, 만약 엄마가 다른 태도를 보였다면 무엇인가 달라졌을까. 어쩌면 모든 게 이미 정해져 있었던 것 같기도 하다.

그럴 줄
알았어

헬러윈 날에는 직장에서 파티를 한다. 올해에는 오래전 찍은 사진을 가지고 누구인지 알아맞히는 게임을 한다고 했다. 나도 오랜만에 컴퓨터에 저장해 놓은 사진을 훑어보았다. 최근 것은 안 된다고 했으니 사진 고르기가 어려웠다. 여섯 살 때 고모할머니와 함께 찍은 사진 하나와 결혼식 후 폐백 때 한복 입고 찍은 사진을 골라서 제출했다.

게임 결과는 예상대로였다. 큼직한 화면에 올려진 동료 사진은 다들 맞히는 데 내 사진은 누군지 맞히지 못했다. 내 몸이 얼마나 심하게 변했는지 다시 실감하는 순간이었다. 무안해진 내가 옆에 앉은 직원에게 슬며시 그 사진 주인이 나라고 눈치를 주어 상품을 타게 해주었다.

언제부터인가, 오래 전인 것 같기도 한데, 사람들이 내 이름을 모를 때 대명사로 '그 뚱뚱한 여자' 그렇게 말한다. 다이어트를 안 한 건 아니다. 아니, 너무 많이 했다. 매번 실패하고 또다시 하는 다이어트는 집안 식구들에게도 말하기 부끄러운 일이 되었다. 그동안 남편 몰래 다이어트에 쓴 돈을 다 합하면 아마 소형차 한 대 정도 살 수 있을 것이다. 나이가 들면서는 다이어트라는 말만 들어도 피로감이 몰려왔다. 많이 포기하고 살았다.

그럭저럭 유지해 가던 체중이 올봄에 여행할 때 다시 오르기 시작하더니 이제는 한계점에 다다른 느낌이었다. 다이어트를 시작했다. 하루 한 끼 먹고 나머지 두 끼는 단백질 드링크를 먹기로 했다. 속은 허전했지만, 나의 결심이 힘을 발휘했다. 무사히 하루를 넘겼다. 하루 만에 2.5파운드가 빠졌다. 먹지 않아도 기분이 좋아서 힘이 난다. 아침에 즐거운 마음으로 야채수프를 먹었다. 이대로 가면 2주 아니면 열흘이면 목표치인 15파운드는 몰라도 10파운드 이상을 뺄 수 있을 것 같았다.

외출준비를 하던 남편이 집안을 돌아다니며 무언가를 찾고 있었다. 열쇠 꾸러미가 안 보인다고. 남편은 종종 그런다. 또 어디에 두고 그러나, 모른 척하고 있는데 이번에는 사태가 조금 심각한 것 같다. 차 키에다가 집, 사무실, 우체국 사서함 열쇠까지, 중요한 키는 모두 달려 있는데…. 키 뭉치가 꽤 크니까 쉽게 눈에 띄겠지 하고 큰 걱정은 되지 않았다. 급한 대로 내 키를 주어서 내보냈다.

　남편이 나가고 두 시간 동안 집안에서 뺑뺑이를 돌았다. 식사량이 적어서 기운도 없는데 이미 찾아보았던 서랍장을 몇 번씩 열어보고 침대 밑도 다시 보고, 같은 곳을 대여섯 번씩 뒤졌다. 거의 포기하려고 할 때 갑자기 키가 내 눈앞에 나타났다. 그것이 나타났다고 해야 맞다. 왜냐하면 내가 그곳을 이미 여러 번 훑어봤기 때문이다. 키는 남편의 사무용 의자 손잡이 밑에 걸려 있었다. 눈앞에 있어도 보이지 않으면 볼 수 없는가 보다.

　몸에 당도 떨어졌는데 키 찾느라고 신경을 썼더니 머리도 아프다. 남편에게 카톡을 보냈다.

　"키를 찾았음. 수수료 삼백 불 되겠습니다. 현금만 받습니다."

키의 중요성에 비하면 삼백 불은 그리 무리한 것이 아니란 생각과 이 기회에 남편이 좀 더 주의해 주기를 바라는 마음도 컸다. 남편이 급히 집으로 돌아왔다. 현금은 안 되고 대신 저녁을 사겠으니 나가자고 했다. 나는 갈등하기 시작한다. 다이어트 어제 시작했는데 벌써 성적이 좋은데. 먹어? 말어? 남편은 내 다이어트 시작을 모른다. 정기적으로 하는 다이어트, 조금 있으면 도로 그 자리, 남편이지만 때로는 창피하기도 하여 이번에도 말하지 않았다. 모른 척 따라나섰다. 조금만 먹지 뭐, 샐러드만 시킬까?

호숫가 근처로 전망 좋은 곳으로 안내를 받았다. 먹었다. 처음에는 야채만 먹겠다고 작심, 그리고 고기가 맛있어서 한 점 두 점 하다가 접시를 비우고, 나중에는 후식꺼정. 또 이렇게 나의 다이어트는 실패했다.

모든 것에는 원인과 결과가 있다. 내 체중도 그렇다.

말이
부족해

    나는 말이 없다는 소리를 자주 듣는다. 어떤 모임에 갔을 때 일이다. 처음 참석했을 뿐만 아니라, 의논하는 안건에 대하여 별로 아는 바가 없어서 잠자코 있었다. 누군가가 나에게 물었다. 언제나 그렇게 말이 없느냐고. 아마 좀 답답했던가 보다. 난 당황하여 '네, 제가 좀 게을러서요.'라고 말했다. 그 자리에 사람들은 웃고 말았으나 난 조금 민망스러웠다.

    으레 그러려니 하고 살았으나 그 말을 친구에게서 들었을 때는 많은 생각을 하게 됐다. 오 년에 한 번씩 만나는 동창들의 모임에서였다. 너는 왜 그렇게 말이 없니? 한참 신나게 이야기하던 친구가 갑자기 내게 물었다. 나를 잘 알 만도 한 친구의 말이어서 어떻게 대답해야 할지 몰라 잠시 망설였다. 나는 네 이야기 듣는 게 더 좋아, 생각하면서도 입 밖으로 내지 못했다 정확한 타이밍을 놓쳤다고나 할까.

요즈음같이 자기 표현이 중요한 때에 내가 말이 부족하다는 것을 나도 많이 느낀다. 요즈음 모두가 선호하는 SNS에서도 마찬가지다. 소위 글을 좋아하고 쓰기도 한다는 내가 아직도 전화기를 들고서도 우물쭈물이다. 가끔 철자법이 틀리는 것도 마음에 걸리고, 하고 싶은 말을 글자로 몇 자 적으려 하면 벌써 동작 빠른 사람들이 내가 할 이야기를 다 해 놓아서 할 말이 없어진다. 말이란 생각을 드러내는 것이며 그로써 서로 교통하는 것인데 상대가 말이 없으면 그 생각을 짐작하기 어려워서 답답하기는 할 것 같다. 냉정하거나 아무 생각이 없나보다고 느낄 수도 있겠다 싶다.

사람들이 내게 일깨워 주긴 하지만, 그래도 나는 내가 말이 적다는 것을 잊고 산다. 태생이 그래서 그런가 보다. 여자들은 특출난 언어 능력을 타고난다고 하는데, 어머니를 많이 닮았으면서도 사교적인 면만은 닮지 못했다. 과묵한 아버지를 닮아서 내가 언어 소통이 부족한 것은 사실이다.

아버지는 말년에 양로시설에서 지내셨다. 연세보다 인지 능력이 꽤 좋았으나 말수는 더 줄었다. 자식이나 집안 이야기를 주위에 잘 하지 않았던 것 같다. 하기야 오래 함께 살아온 아내도 먼저 보내고, 외아들마저 앞세웠으니 별로 하고 싶은 이야기도 없었겠지. 아버지 옆에서 식사하던 분이 아버지에게 계속하여 같은 질문을 하였다. 정신이 조금 흐린 그 할아버지는 왜 자식들 이야기를 안 하느냐고, 사고무친이냐고 아버지를 성가시게 굴었다. 자존심이 상하고 귀찮아진 아버지는 약간 화난 음성으로 "난 할 말만 합니다." 하였다. 그 모습을 옆에서 보면서 나는 그렇지, 우리는 할 말만 하는 거지, 하며 웃었다. 아버지 말에 기대어 나도 할 말만 하고 산다고 믿고 싶었나 보다.

사람의 성향이 드러나는 것은 꼭 말뿐만이 아니라 그 사람의 전반적인 행동이나 태도이다. 말을 잘하고 또 하기를 좋아하는 사람은 그런대로, 말을 하기보다는 듣기를 좋아하는 사람은 그 성향대로 살아가는 게 마땅한 일이리라. 그러나 내가 혹 주위를 불편하게 한 건 아닌지 고민도 한다. 말이 적으니 상대방을 칭찬한다거나 감사를 표현하는 것도 부족하다. 한국 속담에 '말 안 하면 귀신도 모른다.'는 말이 있다. 말이 없으면 대화와 소통에 문제가 있게 된다는 말이다. 설명이 필요할 때 자세히 말하지 않아서 오해를 받기도 한다. 그것을 적극적으로 해명하지 않아서 오해가 그대로 굳어지기도 한다.

지금이라도 말 잘하기를 배우고 싶다. 쉽지 않은 일을 이렇게 늦게 시작해도 될까? 말이 너무 가벼워서 공중에 그저 떠다니지는 않을까 두렵기도 하다. 내가 무엇을 하든 친정아버지처럼 '나는 할 말만 합니다'라고 말할 자신이 내게는 없다. 해야 할 말이라면 언제 어디서나 다할 수 있는 용기도 없다. 헛말 하지 않고 살기는 더더욱 불가능하니 나는 여전히 머뭇거리기만 할 거다.

그런데 조금 더 객관화하여 보니 이 모든 말이 다 나의 부족함에 대한 변명일 뿐이라는 생각이 든다.

깊은 밤의
움직임

새벽 2시, 눈이 떠졌다.

요즈음은 두 시간 이상 계속해서 잘 수 없다. 자다가도 숨이 차면 본능적으로 일어나게 된다. 과민성 알레르기로 인한 기침과 천식이 밤마다 나를 깨운다.

남편은 잠을 못 자서 피곤하다는 말을 달고 살지만 늘 숨소리도 고르게 잘 잔다. 완전히 긴장을 푼 남편의 자는 표정은 편안하다. 그런 그의 얼굴이 처음 본 듯이 생소하다. 한번 시작된 기침은 연거푸 경련하듯 터진다. 기침 소리가 정적을 깨고 달게 자는 남편의 잠의 파장을 흔들어

놓든다. 나의 고통을 남편과 나눌 수 없으니 조용히 거실로 나간다. 흡입약을 집어 들었으나 두 시간은 더 기다려 사용해야 한다.

전등도 켜지 않은 채 가만히 있으니 조금 진정이 된다. 점점 어둠에 익숙해지고 주위의 사물이 눈에 들어온다. 가구들은 마치 죽은 듯이 어둠 속에 웅크리고 있다. 들리는 것은 내 숨소리뿐이다. 들숨에는 조용하고 날숨에는 요란하다. 마치 쌕쌕이 비행기가 나는 듯하다. 누군가가 소곤거리는 것 같고, 낮게 흥얼거리는 것 같기도 하여 나도 몰래 고개를 돌려 뒤를 돌아본다. 그게 바로 내 숨소리인 걸 확인하고는 맥이 빠져 실소한다.

마음이 먼저일까, 몸이 먼저일까. 아마 올해 초였던 것 같다. 몸을 버리고 싶다는 생각을 했다. 아, 피곤하다, 그만 살고 싶다. 천식 발작이 나기 전부터 죽음이라는 단어가 내 머릿속을 늘 떠다녔다. 서서히 삶의 의욕이 사라져 갔으나 그 이유를 찾지 못했다. 인생 여정에 아직도 갈 길은 먼 데 난 힘에 부치는 장애물들을 지나느라 벌써 기력이 소진된 느낌이었다. 이제 내가 더할 것도 없고, 하고 싶은 것도 없다. 이렇게 나날을 보내며 뻔히 아는 내리막길을 조심하며 걷기보다는 빨리 내달리고 싶다는 마음이었다. 활기차고, 의욕 있는 주변 사람을 피하고 싶었다. 이 여름에는 끊임없이 그런 생각이 들더니 몸에도 그 생각이 전달됐는지 아프기 시작했다. 몸이 다시 마음을 부추겼다. '죽을 것 같다'와 '죽고 싶다' 사이에서 왔다 갔다 하고 있는데 지루한 여름은 끈질기게 버티고 물러날 줄 모른다.

희미한 빛이 탁자 모서리에 내려앉는다. 그 빛 가운데 검은 그림자가 어른거린다. 빛을 따라가 보니 창밖에 나무 사이로 달이 떠 있다. 심술을 부리던 구름이 슬며시 물러났는가 보다. 창밖의 짙고 깊은 하늘이 내 눈에 들어온다. 저 망연한 하늘로 빠져들어 가면 무엇이 기다리고 있을까. 어디로 가는 걸까. 그 망각의 피안에는 영원한 자유가 있을 것 같아 마음은 검고 푸른 하늘을 헤맨다.

어느새 가벼워지고, 깃털같이 날아오르는 나를 느낀다. 내가 있던 곳을 나는 잊는다. 나와 함께 했던 세상도 나를 잊는다. 지루했으나 쏜살같기도 했던 시간 속에 끄적여 놓은 나의 흔적이 희미해지더니 드디어는 사라진다. 그러고도 시간은 무심히 흐른다. 아무 일도 없었던 듯이.

근데, 이게 전부인 건가?

미련은 없다 했는데, 서운한 듯 허전하다. 무슨 아쉬움인지 나도 모르게 묻혀있던 기억을 뒤진다. 아이고, 얼굴이 반쪽이 됐네, 맛난 것 좀 해 줘야겠다, 다정스러운 할머니의 목소리가 생생히 들린다. 큰아들을 낳고 남편에게서 받은 커다란 장미 꽃다발에서 진한 향기가 퍼진다. 다 저녁때 먼 길을 나서듯, 그렇게 시작한 글쓰기였는데 신인상을 받았다. 이미 훌륭한 작가나 된 듯 흥분하여 잠을 설치곤 하였다.

슬라이드 쇼처럼 떠오르고 사라지는 영상에 잠시 마음을 뺏긴다. 피곤하고 숨찬 만큼이나 좋았던 일도 있었구나. 돌아서면 한순간인데도 켜켜이 쌓인 것들이 있네. 먼지처럼 머물다 간다고 해도, 그대로 의미 있으니 굳이 갈 길을 서두를 일도 아닌 것 같다. 내게 남은 시간을 채워 볼 일이다.

흡입기를 들어 약을 스프레이한다. 곧 숨이 편안해지고 나른한 기분에 빠질 거다. 나아지겠지, 몸이든, 마음이든. 땅속 깊이 나를 끌어당기는 힘을 가볍게 뿌리치고 다시 서는 날이 올지도 모른다.

마음의
브레이크

    교통 위반 티켓을 받았다.

    신호 대기로 멈췄는데 기척이 이상하여 백미러로 보니 뒤에 오토바이 순찰 경관이 경고등을 켜고 서 있었다. 나와 눈이 마주치자 오른손을 들어서 차도 밖으로 나가라고 가리킨다. 어! 잘못한 것도 없는데…. 아마 자동차 뒤의 브레이크 전구불이 꺼졌나 보다.

    옆길의 상가 안 주차장에 차를 세우고 경관이 다가오기를 기다렸다. 그가 의례적인 인사를 할 때 나는 자신 있게 무엇이 잘못되었냐고 물었다. 그때까지도 나는 사태를 정확히 알아채지 못했고, 내가 신호를 위반했다고는 꿈에도 생각하지 못했다. 오히려 성가신 기분마저 들었다. 신호등에 빨간불이 깜박거릴 때는 정지신호와 마찬가지니까 충분히 섰다가 가야 하는데 앞의 차를 그냥 따라갔으니 신호위반이라고 했다. 내가 정말 그랬나? 그런 기억이 전혀 없다. 경관의 손짓을 따라 차도 한 블록 넘어 뒤쪽을 보았다. 빨강 신호 등불이 깜박거리고 있었다. 가슴이 철렁했다. 티켓을 받게 돼서가 아니라 내가 겨우 몇 분 전에 어떤 행동을 했는지 인지하지 못했기 때문이었다.

설마, 내가 치매 기운이 있는 걸까? 얼마 전 쇼핑센터에서 주차해 놓은 차를 찾지 못해 헤맸던 생각이 났다. 가끔 주차한 곳을 헷갈리는 경우가 있어서 그날은 특별히 기억하려고 노력했다. 그런데도 차를 찾을 수 없었다. 주차장에서 맴을 돌다가 갑자기 두려움이 엄습하여 딸에게 전화를 걸었다. "얘, 나 겁난다." 내 음성이 심상치 않았던지 딸이 데리러 오겠다고 했다. 다행히 딸이 오기 전에 내 차를 찾긴 했지만, 마음은 주차장에 내리는 어둠처럼 무거웠다.

경관이 티켓을 던져주고 떠난 뒤에도 쉽게 자리를 뜰 수가 없었다. 신호등이 깜박거리고 있는 것을 왜 몰랐을까?

믿을 수 없어 핑곗거리를 찾아본다. 약속시간에 늦을 것 같아서 마음이 조급했을 거야, 마침 혈당이 떨어진 것 같아 차 안의 사탕을 찾고 있어서 그랬을 거야, 앞의 차가 나아가니 아무 생각 없이 반사적으로 신호가 파란색으로 바뀐 것으로 생각했을 거야 등 자신을 스스로 위로해 보려 했다. 그래도 막연한 불안감이 마음속에 안개처럼 피어오른다.

모든 것이 망가지는 치매에 걸리면 어쩌나. 치매가 아니더라도 나이가 들면 자기 통제 능력이 줄어들어 가슴속에 묻어 놓은 것들이 슬며시 고개를 들고 나온다고 한다. 어머니도 연로하셔서는 젊은 날의 힘들었던 시집살이를 잊지도 않고 세세히 반복하여 말씀하시곤 했다. 그럴 때는 예전의 감정이 살아나는 듯했고, 이상스레 생기마저 돌곤 했다. 세월이 많이 흘러갔고, 그 대상들마저 다 이 세상을 떠난 지 오래되었지만 제대로 아물지 못하고 남아있는 상처가 있으셨던가 보다.

가슴 저 안쪽에서 빨강 신호등이 깜박거리는 것 같다. 달려가는 생각을 이쯤에서 멈춰야 할 것 같다. 숨을 고르며 마음속 풍랑을 잠재운다. 아마도 괜찮을 거야. 주차해 놓은 차의 위치를 기억 못하는 건 30대인 우리 딸도 가끔 경험하는 것이라지 않던가? 그 쇼핑센터의 주차장은 유난히 헷갈리게 중간에 벽이 많았어. 운전 위반 티켓만 해도 그래, 지난 25년간 티켓을 안 받아 요즘 들어 많이 부주의하기는 했어. 이번 기회에 좀 더 조심하라는 경고는 나를 위해서도 큰 도움이 될 거야. 치매의 치료 약도 곧 개발될 거라고 하지 않나. 이번에는 정신을 차리고 늦지 않게 마음의 브레이크를 잘 잡았나 보다.

아직 오지도 않은 미래를 미리 끌고 와서 걱정하는 것은 무익하다. 나이 들어 건망증이나 치매가 온다 해도 어쩔 수 없는 일이다. 막을 수도 없다. 치매로 사랑하는 사람을 알아보지 못하게 된다면 슬프고 가슴 아픈 일이다.

그러나 나는 그보다 더 두려운 게 있다. '나'라고 생각하고 살았던 나를 헤집고 내 안에 있던 또 다른 내가 나타나는 것, 그것이 겁난다. 분노를 품은 나든지, 슬픔을 억압한 나든지, 좌절을 품고 있는 나든지, 그들이 잠잠하기를 바란다. 마음이 늘 잔잔하여 내 입이 아무렇게나 열리지 않기를 빈다. 모든 것이 고장 나도 내 마음의 브레이크만은 작동이 잘 되기를 바란다.

나의
노후대책

몸살이 난 것처럼 아팠다. 이러다 낫겠지 하면서 며칠을 보냈는데 숨쉬기가 어려워졌다. 아무래도 의사를 만나야 할 것 같아서 병원 사무실에 전화했다. 담당 간호사가 몇 가지 묻더니 두 시간 안으로 긴급 치료 센터(Urgent Care Center)로 오라고 했다. 직접 운전하지 말라고도 했다.

아무리 그래도 내가 아는 병인데 둘씩 갈 필요가 있나, 혼자 가기로 했다. 차고에서 차를 빼려는 것까지 부담이 됐다. 마침 나가는 남편에게 내 차도 꺼내 달라고 하니 시간이 없다면서 그냥 가버렸다. 그게 시간이 얼마나 걸린다고. 닫히는 차고 문소리가 유난히 크게 울렸다.

병원에서 주사를 맞고 숨쉬기 약물치료를 연거푸 두 번이나 받았는데도 쉽게 나아지지 않았다. 손바닥이 찌릿찌릿하고 심장이 두근거렸다. 모니터를 보니 맥박이 130까지 빠르게 뛰었다. 간호사도 걱정이 되는지 의사를 불러왔다. 의사는 아무 표정 없이 약의 부작용이라고 그냥 집에 가라고 했다. 치료를 받고 잠깐 쉬었다가 또다시 받아야 하는 것 같은데 연거푸 두 번을 받아서 그런가 보다. 어지럼증으로 꾸물거리는 내가 답답했던지 간호사가 손으로 출입구 쪽을 가리킨다. 공연히 서늘한 느낌이 마음을 스친다.

밖은 벌써 어두워졌다. 잠시 차 안에서 안정을 취하고 쉬었다 가기로 했다. 몸이 가라앉는 것처럼 우울한 기운이 퍼진다.

내 인생도 기울어 간다고 몸이 말해준다. 나뿐 아니라 주위에 나와 비슷한 나이의 사람이나 친구들도 같은 느낌으로 살아간다. 만나면 대화의 대부분이 건강 이야기다. 본인이 아니면 배우자가 아파서 집에 몸이 묶이기도 한다. 가족이라고 해서 식사 챙겨주는 것밖에 무얼 특별히 해줄 수 있는 것도 아니다.

돌아가신 어머니가 그립다.

어머니가 중년이었을 때는 나처럼 기관지가 나빴다. 꾸준한 운동과 절제된 식이요법으로 노년에는 호흡기가 좋아졌으나, 혈관성 치매 증상이 있어서 정신이 자주 흐려지고는 했다. 아끼던 막내딸이 자신의 인생에 중요한 사람인 건 느낌으로 알았으나 딸이라는 걸 가끔은 잊었다. 돌아가실 때까지 약 8개월을 병상에 있었다. 가벼운 설사를 동반한 위장장애로 입원했는데, 이런저런 검사를 해도 딱히 나타나는 병명이 없었으나 그걸 시작으로 결국 자리에서 일어나시지 못했다.

어느 날 나는 병상 옆 의자에 앉아 있었다. 지금 그때 나는 무얼 하고 있었는지 생각나지 않는다. 잠시 멍하게 있었던 것 같기도 하다. 갑자기 어머니가 말했다. "너는 왜 그렇게 한숨을 많이 쉬니?" 내가 무심코 숨이 차서 숨을 몰아서 쉬었나 보다. 습관이 돼서 잘 느끼지도 못한다. 나는 깜짝 놀랐다. 음성의 톤이나 느낌이 전에 나에게 말하던 것과 같았다. 본능적으로 숨어있는 자식에 대해 애틋함과 걱정 때문에 잠시 정신이 맑아지신 걸까.

돌아가시고 많은 시간이 지났지만, 그날 어머니의 그 음성을 잊을 수 없다.

어머니는 병상에서도 본능적으로 딸을 걱정했지만, 실상 당신은 자신의 어머니를 그리워했다. 병원에서 간호보조원이 어머니 몸을 만질 때면 무엇이 못마땅하셨는지 "어머니, 어머니가 없으니까 쟤들이 나를 구박해."라고 말씀하곤 했다. 그럴 때는 영락없이 어린 딸이 엄마에게 응석부리는 것 같았다. 그리고 보니 정신이 흐려도 찾는 건 어머니뿐이다. 모두 어머니만 찾는다.

가슴 가득하게 오로지 자식을 사랑해 주는 어머니라는 존재가 이제는 이 세상에 없다. 그 어머니의 역할을 해야하는 나는 점점 더 몸이 아파질 것이다. 남편도 자식도 의료진까지도 자기 나름으로는 최선을 다해 준다고 해도 그들에게서 어머니 같은 사랑을 기대한다는 것은 무리이다.

앞으로도 몸이 곤하면 점점 더 섭섭해 할 일이 생길 게다. 이제부터는 서운해 하지 않기 연습을 해야겠다. 그것이 행복한 노년을 보내고 싶은 나의 노후대책이 될 듯싶다.

고맙다

지금까지 조용하여 그 존재까지 잊고 있었는데 요즈음 그들이 자신을 알리려고 아우성치는 것이 많다. 폐가 이제는 힘이 든다고, 더 이상 공기를 많이 채우지 못하겠다고 한다. 위장도 너무 아프다고 파업을 하고 싶다고 매일 신호를 보낸다. 머리는 지끈거리면서 단단한 두개골 안에도 무엇인가가 가득 차 있음을 알려준다. 순서도 없이 때로는 동시다발로 몸의 각 기관이 내게 말한다. 어떻게 좀 해보라고.

거울 속 얼굴 역시 패잔병의 모습이다. 푸석푸석한 얼굴이 갑자기 낯설게 느껴져 안경을 집어 든다. 수십 년 해 오던 대로 안경이 귓바퀴 위에 얹힌다. 내 귀도 고생을 많이 했다. 안경을 쓰지 않는 사람보다 갑절의 일을 한 셈이다.

세상에 얼굴이 비슷한 사람은 많아도 정확하게 똑같은 사람은 없다. 얼굴색이나 전체적인 골격의 차이는 물론이고 아주 미세한 차이가 전혀 다른 모양의 얼굴과 인상을 만든다.

전체적인 얼굴뿐만 아니라 좌우가 서로 차이가 나는 경우도 많다. 내 얼굴도 좌우가 다르다. 내 귀는 짝짝이고 달린 위치가 서로 다르다. 눈꼬리에서 양쪽 귀까지의 거리가 차이가 난다. 안경을 늘 써야 하는 나에게는 아주 불편한 일이다. 안경을 새로 맞추면 안경사는 안경다리의 구부러지는 각도를 여러 번을 조정해 주어야 한다. 그래도 한쪽은 조금 떠 있는 느낌이다. 짝짝이 귀는 내게는 꽤 불편한 일이지만 남들은 잘 알아채지 못한다. 아버지의 유전자와 어머니의 유전자가 서로 의논하고 양보하여 눈은 네가, 귀는 내가, 그렇게 조정하였다면 얼마나 좋았을까. 전혀 양보함이 없이 하나씩 당신들 주장대로 부여했나 보다. 귀 안의 구조까지 다른 걸 보면 내 짐작이 맞는 것 같다. 작은 차이 겠지만 나로서는 아주 큰 차이로 느껴진다. 그래도 화합하여 같은 소리를 듣는다.

내 두 귀는 듣는 역할을 할 뿐만 아니라 수십 년 동안 안경을 이었으니 주인이 잠이 들 때까지 수고한 셈이다. 게다가 서로 짝이 안 맞게 생겨났으니 더 힘이 들었다. 아무리 귀에 맞춰 조정하더라도 한쪽은 당겨지는 불편을 감수하고, 다른 한쪽은 마치 큰 모자를 쓴 듯이 어정쩡한 느낌이었을 것이다. 자신이 속해 있는 몸체에 최선을 다해 섬겼다. 자신이 스스로 움직일 수는 없지만 서로 상대에 적응하면서 안경을 받아주는 역할을 해 왔다. 그 덕분에 나는 안 보이는 것을 볼 수 있었고 흐릿한 것을 선명하게 볼 수 있었다. 귀는 열심히 일했어도 그 공로는 별로 인정받지 못했다. 사진을 찍어도 귀는 늘 머리에 가려 있거나 가려 있지 않아도 대부분은 잘 보이지 않는다. 게다가 바늘을 넣어 구멍을 뚫기도 했고 안경을 얹은 귀에 무거운 귀걸이를 매달기도 했다. 물건을 이고 지고 다니는 꼴이었다.

눈을 보호한다고 선글라스까지 끼고 다녔으니 내 귀는 혹사를 당했다. 손을 들어 아는 척해 달라는 것만 본다. 지체가 본체를 위하여 수고하는 건 당연한 일인가, 불평 없이 인내하는 것에는 마음을 써주지 않는다. 모든 것이 그렇다.

나를 살아 있게 해 주는 모든 지체가 소중하지만, 오늘은 말없이 수고한 나의 짝짝이 귀가 특별히 귀하게 느껴진다. 아직도 할 일이 많은 것 같아서 미안하고 또 고맙다.

3

고쟁이를
흔든다

어머니가
일일이 참견과 간섭을 하지 않는 것이 좋았으나
내 결정에 따라 스스로 져야 하는
책임이 무겁게 느껴지곤 했다.
어느새 내가 그때의 어머니 나이가 되었다.
특별히 작정한 것도 없이
어느새 나도 어머니와 같은 모습이다.
내가 자식을 키우면서
늘 조심하고 자신을 절제한 건 아니다.
그보다는 두려웠다는 말이 맞을 것이다.
하고자 하는 일에 확신이 서지 않았다.
물론 나의 허물이 자식들에게 그림자가 되지 않기만을
간절히 바랐다.

– 본문 중에서

사릉,
그곳에는 아직도 뱀이 있으려나

"사릉 기억나니? 이광수의 수필집을 한 번 읽어 봐, 〈우리 소〉라는 글에 사릉이야기도 나온다."

전화기로도 아저씨의 흥분된 목소리가 전해진다.

'사릉' 이라는 소리에 나의 가슴도 뛴다. 까마득히 잊고 있었던 단어이다. 사릉은 조선 제6대 단종의 비 정순왕후의 능이다. 우리는 서울에서 계속 살았으나 할아버지께서 사릉 근처에 과수원과 논밭을 사두었었다. 집안 어른들은 시골집을 사릉집이라고 불렀고 그곳에 선산도 있었다.

한국에서의 추억을 미국에서 같이 나눌 수 있는 사람은

이제 아저씨가 유일하다. 나와 아저씨는 사릉집과 과수원에 대한 추억이 많다. 아저씨는 우리 아버지의 외사촌 동생이었으나 아버지를 친형 이상으로 생각하며 사신 분이다. 한국전쟁 때, 초등학생이었던 아저씨는 아버지를 따라서 시골로 피난을 갔다. 서울에서만 살던 아저씨는 처음 접하는 시골 생활이 너무 좋았다고 한다. 동네 아이들이 모여서 같이 학교 가던 일이며 개울을 건너던 추억이 80살이 넘은 지금까지도 생생하게 눈에 잡히는 듯 말씀하시곤 했다. 시골에서 자란 사람들에게는 일상의 일이겠으나 아저씨 말대로 서울 문안에서만 자란 우리들로서는 정말 소중한 기억이다.

집안 어른들이 과수원 이야기하는 걸 많이 들었지만, 나는 그곳에 자주 가지 못했다. 어느 더운 날, 후에 생각해 보니 아마 추석 전후였던 것 같다. 할아버지 산소를 찾아가는 아버지 뒤에 어찌 된 일인지 오직 어린 나 혼자 따라가고 있었다. 갑자기 아버지가 '여기 뱀이 지나가는 소리가 난 것 같은데' 하며 걸음을 멈추었다. 저기서 사르륵 소리가 났어, 하며 길섶의 무성한 풀을 가리켰다. 그러더니 조용히 뒤로 팔을 뻗어 나를 감싸듯이 했다. 마치 뱀이 나를 못

보게 감추려는 것처럼. 그때 나는 뱀 이야기를 듣고도 무섭지 않았다. 몸이 붕 뜨는 것 같았다. 평소에 어렵게만 느껴지던 아버지가 아니었다. 속으로는 너무 좋아서 소리라도 칠 것 같은 마음이었지만 실상 아무 소리도 내지 못했다. 서둘러 언덕을 내려가는 아버지의 뒤를 따라 가볍게 뛰다시피 걸었다. 언덕을 다 내려올 때까지도 뱀은 나타나지 않았으나 나는 아버지가 뱀을 물리친 것 같이 자랑스러웠다. 보호받고 있다는 느낌을 강렬하게 받았던 것 같다. 그 일은 내가 '사랑'에, 그리고 아버지에 대하여 잊지 못할 추억이다. 평소에 유난히 과묵하고 감정 표현을 잘 안 하시던 분이라서 더욱더 내 기억에 오래 남아 있다.

아버지는 공무원으로 일하셨다. 재산을 일구신 할아버지는 6·25전쟁쯤에 돌아가셨다. 삼촌과 막내고모는 아직 성혼 전이었다. 내가 어렸을 때, 가을이 되면 사랑에서 쌀가마가 올라와 집에 쌓였다. 그 쌀가마가 해마다 점점 줄어들었다. 사람이나 재산 관리에 밝지 못한 아버지는 시골의 모든 것을 관리인에게 맡기셨던 것 같다. "재물은 샘물이 솟아나듯 해야 하는데 우리는 곶감고치에서 곶감을 빼먹는 거야"라고 할머니는 혼잣말하듯 하셨다.

아버지는 성실하게 일하셨으나 장남의 역할은 버거웠다. 살림의 규모 때문에 할아버지가 장만해 놓은 토지를 야금야금 팔았다. 마지막으로 과수원을 팔았을 때, 우리 할머니와 고모할머니는 거간꾼이 나쁜 놈이라고 우리를 속이고 땅값을 싸게 후려친 거라고 아버지 몰래 수군거렸다. 우리 땅을 관리하던 사람이 거간꾼을 매수하여 산 것 같다고도 하였다.

할아버지는 생전에 장남인 아버지를 끔찍이 사랑하였다. 그런 만큼 아버지에게는 할아버지의 재산을 지키지 못한 죄송함이 더 컸는지도 모른다. 과수원을 팔면서 할아버지 산소를 포함한 인근 땅 백 평의 소유권을 아버지가 유지한다는 약정을 하였다. 아버지는 그것을 식구들에게 자랑스러운 듯이 이야기하였다.

세월이 바뀌고 우리 집 식구들은 모두 미국으로 옮겨 앉았다. 아버지가 판 땅은 여러 번 주인이 바뀌면서 우리가 갖고 있다는 소유권이라는 것도 무용지물이 된 듯했다. 우여곡절 끝에 최근에 사촌이 그 땅을 되찾기는 했다. 아버지는 재물에 허술하고 세상사에 어리숙했으나 내게는 두려운 것으로부터 지켜주는 든든한 울타리 같은 분이었다.

갑자기 듣게 된 '사릉'이란 소리에 깊이 묻혀 있던 유년 시절 기억의 파편 한 조각을 찾았다. 다음에 한국에 가게 되면 사릉에 가 봐야겠다. 그곳에는 아직도 뱀이 지나가는 소리가 들리려나?

사릉, 그 이름에는 아버지가 함께 있다.

고쟁이를
흔든다

바닷가 모래밭이 끝나는 그쯤, 불기운을 밀어 몰리는 시커먼 연기 장벽이 하늘 높이 치솟고 있다. 가을도 깊어 가는데 캘리포니아는 또 불타고 있다. 건조한 날씨로 마른풀이 무성해진 언덕에 해마다 연례행사처럼 큰불이 난다. 이번 화재는 거주지에서 가까워 인명 피해도 사십 명이 넘는다고 한다.

지금은 화면 너머로 불타오르는 것을 보고 있지만, 어릴 적 나는 바로 내 눈앞에서 불타오르는 건물을 보고 있었던 적이 있다. 우리 집과 같은 골목길 안의 막다른 집에서 불이 났다. 내가 6살, 언니는 14살쯤이었다. 그 당시로는 매우 큰 불이었던 것으로 기억된다. 저녁이었는데, 어머니는 우리더러 밖으로 나가라고 소리 지르며, 중요한 물건이라도 건지려는 듯 허둥지둥 움직였다. 그런데 할머니는 치마 안에 입고 있는 고쟁이를 벗어서, 식구들을 붙들고 그 고쟁이 위에다 소변을 보라며 재촉하셨다. 집안사람들의 소변을 묻힌 고쟁이를 지붕 위에서 휘이휘이 흔들어야 우리 집으로 불똥이 안 튄다는 것이었다.

어른들은 애가 타는데, 나는 언니 손을 잡고 불구경을 하고 있었다. 붉은 주황빛으로 타오르는 불은 거대하고 장엄하기까지 했다. 그 모습에 무겁게 압도되어 걸음을 뗄 수 없었던 것 같다.

다행히 불은 우리 집으로 옮겨붙지 않고 꺼졌다. 집안 식구들이 모두 한숨을 돌리고 모여 앉았을 때, 할머니는 '옛말 그른 것 하나 없다'며 가볍게 고개를 저었다. 그 음성에는 자손을 지켰다는 자부심과 안도감 같은 게 묻어났다. 할머니는 고쟁이의 힘을 굳게 믿으셨을 거다.

고쟁이는 치마 안에 은밀히 입는 속옷이다. 드러내는 옷이 아니다. 할머니는 그런 고쟁이를 부끄러움도 개의치 않고 벗어서 흔들었던 것이다. 그곳이 지붕 위에서든, 대청마루 위에서든, 자손과 집안을 화마로부터 지킨다는 일념 하나로.

할머니는 10남매를 낳으셨지만 6남매를 먼저 저세상으로 보냈다. 그래서 그런지 무슨 이야기든지, 스스로 생각해도 이치에 닿지 않는 이야기라고 하더라도 자식들에게 좋다면 꼭 기억하였다가 실행에 옮기셨던 분이다. 자손을 위험으로부터 보호할 수도 있다는 비법을 서슴없이 실행한다는 것, 그것이 할머니가 생각하는 자신의 사명이었다. 자식들이 미신이라고 하며 따르려 하지 않아도 그 굳건한 믿음을 버리지 못했다. 할머니에게 자식이나 손자는 너무 귀한 존재여서 집에서 화를 낸 적도 없고, 큰소리 한번 치지 않으셨다. 자손을 위하여 스스로 금하는 것을 식구들에게 강요하지도 않으셨고 그저 조용히 '옛말'을 지켜나갈 뿐이었다.

내가 결혼할 때, 할머니는 우리의 궁합을 보았다. 그러나 내게 아무 말도 하지 않았다. 미국으로 떠나는 내게 할머니가 "궁합이 무슨 소용이냐? 그저 열심히 살기만 하면 돼."라고 당부하셨다. 나는 가끔 생각했다. 집에 불이 붙지 말라고 입던 고쟁이를 벗어 흔들었던 할머니는 궁합이 나빴을 나를 위해 어떤 주문을 외고 계셨을까.

언제나 곁에 있어 우리 가족을 지켜주실 것 같던 할머니는 90세의 연세에 주무시다가 가셨다. 미국에서 살고 있던 나는 장례식에도 가지 못했다.

아무리 TV 속이지만 뜨거운 불길이 너무 강하게 느껴져서, 여섯 살의 내가 두려운 마음으로 불기둥을 쳐다보던 생각이 났다. 그 장면 뒤로 할머니의 고쟁이가 펄럭인다. 화재의 위험지역에 있는 모든 분이 무사하기를, 화마가 사람을 피해서 멀리 도망가고 사라져 주기를 기원한다.

엄마
되기

딸이라 여기는 조카가 있다. 그애가 고등학교에 막 입학
했을 때, 미국에서 살던 언니 부부가 한국에 가서 살게 되
었다. 홀로 남겨진 조카는 기숙사 생활을 하면서 짧은 방학
이나 공휴일에는 우리 집을 자기 집처럼 드나들었다. 그애
는 자연히 나를 의지하기도 했겠지만, 무엇보다도 나와 성
격이 잘 맞는다. 마주 앉으면 시간 가는 줄 모르고 서로
속내를 털어놓는다. 20살의 나이 차이를 잊는다.

결혼 적령기가 됐는데 조카는 결혼할 생각을 하지 않았
다. 하고 싶은 것을 하며 동시에 결혼 생활도 잘할 자신이
없다고 했다. 부모를 안심시키기 위하여 전문직 일을 하지

만, 날짜를 줄여서 하거나 다른 직종에 근무하기도 했다. 그리고는 글을 썼다. 소설을 쓰기도 하고 시나리오를 써서 단편영화를 만들기도 했다.

40대 중반을 넘어가는 조카가 어느 날 중국에서 아이를 입양할 거라고 말했다. 이미 에이전시와 2년째 절차를 밟아 오고 있었다. 사진으로 한 아이를 보는 순간 '이 아이다'라는 느낌이 왔다고 했다. 아이가 팔다리를 마음대로 쓰지 못하는 데도 입양하기로 했다며 편안한 얼굴로 말했다. 조카의 그 말에 나는 마음이 너무 복잡하여 '그래.' 한마디 하고는 더는 아무 말도 할 수 없었다. 조카가 하는 거의 모든 일에 지지와 격려를 아끼지 않았으나 이번만큼은 쉽게 좋다고 할 수 없었다. 몸이 불편한 아이를 키우겠다니, 더구나 혼자서.

내게 말을 하고도 일 년여를 더 기다린 후 절차가 완료되었다. 조카가 아기를 데려오려고 들뜬 마음으로 중국에 갔다. 팔다리가 제대로 성장하지 못하여 몸은 매우 왜소하여 18개월 정도로 보이지만 지능은 나이대로 세 살이었다. 아이와 조카가 일주일을 호텔에서 같이 지내며 적응 기간을 갖게 돼 있었던가 보다.

첫째 날 아기는 아무것도 먹지 않고 온종일 끊임없이 울고 소리를 질렀다. 조카는 당황하고 겁이 났으나 아기가 탈수될까 봐 물컵만 자꾸 입에 대주었다. 아기는 귀에 익은 언어가 들리지 않고, 익숙한 얼굴들이 모두 사라져 버렸으니 얼마나 두려웠을까. 말도 통하지 않는 여자 앞에서 그 아기는 자신이 원하는 대로 몸을 움직일 수도 없으니 좌절감에 소릴 지르고 울 수밖에. 그런데 아기를 낳거나 키워 본 적도 없는 조카는 아마 아기보다 더 크게 울고 싶었을 것이다. 그녀가 나중에 말하기를 그때는 정말 두려웠으나 포기할 수 없었노라고 했다. 하룻밤을 지나면서 조금 진정이 되었으나 아이는 자신의 의지를 꺾이고 싶지 않아서인지 계속 안간힘을 썼다.

그렇게 그 아기는 싱글 맘이 된 내 조카와 함께 미국으로 왔다. 영어를 모르는 아기와 중국어를 모르는 조카의 한집 생활이 시작되었다. 새로 모녀의 연을 맺은 둘은 표정과 몸짓으로 대화를 해나갔다. 미국 생활 한 달이 지나서 아기는 다리 수술을 받았다.

조카가 아직 젊다고는 하지만 어린아이를 돌보기는 쉽지 않은 나이다. 두 다리에 석고를 한 아이를 번쩍 들어서 차에 옮겨 실을 때는 힘들어 보였다. 실제로 날씬한 처녀로 보이던 조카는 그 새에 나이가 많이 들어 보였다. 긴 곱슬 머리는 뒤로 질끈 묶여 있었고 얼굴에는 기미가 잔뜩 끼었다. 그런데 표정만은 밝게 살아 있었다. 누구나 아이를 낳고 기르는 것을 연습하지 못하고 첫애를 키우지만, 특별히 팔다리를 못 쓰는 아이를 키운다는 것은 더 큰 노력이 필요하고 시행착오를 거쳐야 한다. 아직 의사소통이 충분하지 않은 아이가 고개를 흔들며 떼를 쓰면 답답한 마음에 울고 싶을 것이다.

아이가 조카와 함께 한 지 두 달이 되었다. 밥을 오래 먹는 아기를 위하여 조카는 서둘지도 않고 음식을 골고루 천천히 잘 먹인다. 아이의 얼굴에는 생기가 돌고 전보다 많이 웃는다. 나에게 뽀뽀 좀 해달라고 하니 모른 척 고개를 돌린다. 조카가 옆에서 보다가 해주라고 하니 웃으며 내 볼에 뽀뽀해 준다. 벌써 모녀 사이에 특별한 결합(Bonding)이 생긴 것 같다. 잘 가라고 손 흔들어 배웅하는 나를 향해 모녀가 차 안에서 환하게 웃어준다. 조카는 진짜 엄마가 되어가는 것 같다.

그나저나 온몸이 쑤실 조카를 위해 마사지표라도 끊어줘야 할까 보다.

냉면집에 가면
그를 만난다

　날씨가 갑자기 더워졌다. 시원한 음식이 생각난다. 친구들이 맛있는 냉면집을 찾았다고 같이 가자고 한다. 나는 웬만해서는 냉면을 주문하지 않으면서도 따라나선다. 냉면 전문집에서 냉면 아닌 다른 음식을 주문하는 나를 보고 사람들은 잠깐 의아해하는 표정을 짓는다. 난 '냉면' 하면 작은아버지가 떠올라서 따뜻한 육수만 홀짝거린다.

　작은아버지, 유난히 나를 사랑했던 그의 꿈은 가수가 되는 것이었다. 학교 수업을 빼먹고 꿈을 찾아 돌아다녔으나 작은아버지의 장래를 걱정한 할아버지는 펄펄 뛰며 반대하였다. 결국 가수의 길은 포기하게 되었지만, 그는 집에서 늘 노래를 불렀다. 그가 멋스럽게 노래를 부를 때면 즐거움이라는 기류가 집안을 돌아다녔다. 천성이 착하고 명랑하여 늘 웃는 얼굴이었기 때문이었을까. 그의 좌절된 꿈을 애석해하는 식구들은 아무도 없었다.

늘 청년 같던 작은아버지도 삼십 대 중반을 넘었을 때는 삼남일녀의 아버지가 되어 있었다. 솟아오르는 열정을 누르고 평범한 생활인으로 살아보려던 그에게 삶은 그리 녹록지 않았다. 나의 아버지가 차려 준 상점을 빚만 남기고 문을 닫은 게 두 번이었고, 세 번째로 작은 가게를 하고 있을 때였다.

어느 무더운 여름날, 작은아버지는 볼일을 보러 지방에 갔다가 오는데 어찌하다가 끼니를 놓쳤다. 늦은 오후에 서울에 도착하니 날은 덥고 허기가 졌다. 냉면을 유난히 좋아하던 작은아버지는 냉면 한 그릇을 단숨에 비우고 집으로 돌아왔다. 그것이 긴 고행의 시작이었다.

토하며 설사와 복통으로 밤을 새운 작은아버지는 아침이 되자마자 병원을 찾았다. 의사가 심각한 표정으로 당장 수술을 해야 한다고 했다. 병명은 장중첩증(장겹침증), 장이 겹쳐 들어가서 막혔다고 했다. 아마도 빈 속에 잘 씹지도 않고 허겁지겁 먹은 질긴 냉면 때문에 장이 밀려들어 간 것이라고 짐작하였다. 수술을, 그것도 복부를 여는 수술은 몹시 두려워하던 때였다. 수술이 잘 되었다고 하여 모두 안도의 숨을 내리 쉬었으나 그것도 잠시, 수술 부위가 감염되어서 재수술했다. 서너 번의 입원과 퇴원, 결국 더는 아무것도 할 수 없다고, 자생능력에 기댈 수밖에 없다고 의사가 말했다. 값비싼 영양제를 한 달에 두 번씩 맞기도 했지만 기동할 수 없는 몸은 점점 무너져 내렸다.

나는 작은댁에 자주 심부름을 하러 갔으나 어쩐지 작은아버지를 만나는 건 두려워 문 앞에서만 기웃거렸다. 열린 방문 사이로는 여윈 몸을 벽에 기대고 앉아 힘없이 노래를 부르는 그가 보였다. 나는 툇마루에 앉아서 귀를 기울였다. 노래라기보다는 작은 울림일 뿐이었으나 슬프다는 느낌은 들지 않았다. 그의 가느다란 소리에 위태롭게 얹혀 있던 것이 깊은 절망 끝에서 건져 올린 평온이었음을 나는 이제 이해한다.

새벽 세 시, 열 살짜리 사촌동생이 우리 집 문을 두드렸다. 통금이 해제되기 전이었으나 오는 도중에 만난 방범이

사정을 듣고 동행해 주었다. 작은아버지가 떠난 소식은 어둡고 적막한 밤에 그렇게 우리에게 전달되었다. 유난히 아름다운 부인과 올망졸망 네 명의 자식을 남겨두고서 서른여덟 살의 그가 갔다. 그가 유품으로 남겨두길 원했던 것은 자신의 노래를 녹음해 놓은 카세트테이프뿐이었다. 선산을 쓸까, 화장할까 의논하던 집안 어른들은 결국 화장하는 것으로 결정했다.

굿판이 벌어졌다. 작은아버지를 차마 떠나보낼 수 없었던 작은어머니가 스스로를 설득하고 싶었던 걸까. 굿하기를 간절히 원했다. 특별히 믿는 종교가 있는 것도 아니면서 굿이라면 끔찍이도 싫어하셨던 할머니가 처음이자 마지막으로 허락한 굿판이었다.

넋을 잃은 듯 앉아있는 작은어머니 앞에서 색동옷의 무당이 훠이훠이 춤을 춘다. 사람들이 둘러서서 구경한다. 어떤 이들은 혀를 끌끌 차기도 하고, 소리죽여 이야기하기도 한다. 알 수 없는 소리를 중얼거리던 무당의 입에서 갑자기 남자의 목소리가 나온다. 죽은 이의 혼이 와서 하는 소리라고 사람들이 수군거린다. 나는 한기가 느껴지고 소름이 소르르 돋는다. 무어라 하는 건지, 잘 알아들을 수도 없는 소리가 무당의 입에서 나와 허공을 가르고 작은어머니에게 떨어진다. 그녀가 고개를 끄덕인다. 그리고는 체념인지, 피곤함인지 알 수 없는 나른한 기운이 그녀의 얼굴에 번져나간다.

작은아버지의 갑작스러운 죽음이 할머니뿐만 아니라 우리 집안 전체에 큰 상처로 남았다. 그 후 아무도 냉면 이야기를 입 밖으로 내지 않았다. 자식을 앞세웠으니 할머니의 몸에는 이제 금이 갔다고, 아버지는 한숨을 쉬며 할머니 방문 앞을 자주 서성거렸다.

언제부턴가 냉면이 상 위에 놓이면 저 멀리서 아직도 젊고 매력적인 작은아버지가 걸어 나와 식탁에 앉는다. 그가 미소 짓는다. 혹시 그의 노랫소리가 들리는가 싶어 귀를 기울인다. 시공(時空)을 넘어선 느낌들이 내 안팎을 드나든다. 경직된 사회와 가정의 편견 때문에 한 사람, 나의 작은아버지는 소박한 꿈과 열정을 펴보지도 못한 채 사그라졌다.

50여 년이 지난 지금 많은 것이 변했다. 누구든 원하는 것을 향해 달릴 수 있다. 나는 글을 잘 쓰고 싶어 한다. 그러나 표현이 안 되는 글을 잡고서 쓰고 지우기를 반복할 때면 컴퓨터 모니터가 거대한 벽같이 느껴져 기운은 꺾이고 절망감에 빠진다. 작은아버지는 여전히 나를 바라보고 있다. 난 그에게 위로 아닌 위로를 건넨다. 누구나 어느 시대나 얼마쯤은 좌절하며 사는 게 인생인가 보다고.

살짝 언 육수가 얹혀있는 냉면이 시원하고 맛있겠다고 생각하면서도 내 젓가락은 움직이지 않는다. 그래도 여름이 오면 난 냉면집에 간다. 그를 만나러.

금가락지와
어머니

시어머니가 돌아가셨다. 장의사가 오기를 기다리며 어머니가 누워계신 양로병원 병실에 앉아있으니 생각들이 두서없이 엉킨다.

어머니는 이 세상에서 103년 10개월을 계셨다. 나는 43년간 시어머니와 며느리 관계로 지내왔다. 고부간의 관계가 그렇듯이 그 시간이 모두 좋았다고만은 할 수 없다. 때로는 아주 좋았고 때로는 불편하기도 했으나 마지막 20여 년은 서로에게 편안했다.

어머니가 기억력이 나빠져서 냄비를 자주 태울 때였다.

어쩌다 뒷마당에 나가보면 까맣게 탄 냄비가 구석에 있었다. 닦고 닦았으나 탄 자국이 지워지지 않는 냄비를 그냥 쓸 수는 없고 버리자니 아까워서 마당 구석에 놓아둔 것이다. 며느리에게 민망하기도 하였을 터였다. 나는 모른 체하였으나 어머니가 많이 늙으셨다는 걸 실감했다.

그때쯤이었다. 집에는 어머니와 나, 둘만 있었는데, 이층까지 올라오셔서 꼭 쥔 손을 내 앞에 내밀었다. 어머니 손 안에는 24금 금가락지가 있었다. 어머니가 오랫동안 끼고 있던 반지다.

환갑 때 자식들이 장만해 드린 거였다. 얼마나 오래 끼고 있었는지 그 반지는 쭈그러들어 있었다. 나는 당황스러웠다. 내가 끼고 싶을 정도로 탐나는 것도 아닐 뿐 아니라 내가 가지면 안 될 것 같은 생각이 들었다. 손사래를 치며 어머니가 계속 가지고 계시라고, 아니면 따님에게 주라고 했으나 어머니는 기어이 내 손에 쥐어 주셨다. 그렇게 나는 어머니의 보물 1호일지도 모를 반지를 맡아 가지고 있게 되었다.

시어머니는 아들 사랑이 유별나셨다. 연세가 아흔을 넘으면서는 기억력이나 인지 능력이 떨어져서 사람을 잘 알아보지 못했다. 끝까지 잊지 않은 사람은 아들뿐이었다.

생애 마지막 시간을 지날 때, 아들은 한국에 체류 중이었다. 자정 조금 넘어서 어머니의 혈압이 떨어졌다는 간호사의 전화를 받았다. 나는 어머니가 계신 양로병원을 향해 가면서도 돌아가시리라고는 생각하지 않았다. 전에도 병세가 위급하다가 다시 회복된 적이 있기 때문이다. 잠이 드신 듯했으나 흔들어 깨워도 아무 반응이 없으셨는데 혼수상태로 들어간 것 같았다.

어머니를 조용히 불렀다. 특별히 어머니가 들으시리라고는 생각하지 않았지만, 그냥 말이 나왔다. "어머니, 그래도 아드님은 보고 가셔야지요. 지금 한국에 있는데 조금만 기다리세요. 한 번 힘을 내 보세요." 그 순간, 어머니의 손이 움직였다. 움직이기보다는 경련하는 듯했다. 갑자기 눈을 뜨고 헉 하는 외마디 같은 소리를 냈다. 그러나 그뿐이었다. 그 다음에는 다시 혼수상태였다. 두 시간 후에 어머니는 가셨다. 온기가 가시지 않은 어머니의 손을 만지며 나는 생각했다. 한때는 어머니의 남아선호와 아들에 대한 유난스러운 사랑이 부담이었고 괴롭기도 했으나 이제는 이해한다. 그것이 어머니의 안전판이었으며 보호대였다는 것을. 혼이 떠날 준비를 하는 중에도 잊을 수 없는 존재인 아들, 그래도 가실 때는 만나보지도 못하였다.

어머니 고향이 경상도 바닷가인데 사투리 억양이 좀 거세게 들리는 편이다. 서울 출신인 나는 처음 결혼했을 때 어머니의 말을 잘 알아듣지 못해서 애를 먹기도 했다. 별로 춥지도 않은 겨울날, 아이들이 옷을 가볍게 입고 학교에 가려고 하면 어머니는 "아를 얼려 주기려 하나" 하면서 나를 꾸중하시곤 했다.

내가 막내아들을 낳았을 때, 의사는 아이가 발달장애가 있을 거라고 말했다. 황달이 심한 그 아이를 병원에 두고 혼자 퇴원했을 때, 내 복잡한 마음보다도 어머니의 반응이 더 걱정됐다. 손자에 관한 한 잘못된 건 모두 며느리의 탓으로 돌리는 문화와 마음으로 살아온 연세다. 어머니가 나를 힐난하리라고 예상했다. 그 거센 억양으로 네 잘못이라고 이야기하는 걸 상상하면서 상처받지 않겠다고 마음을 단단히 먹었다. 그러나 어머니는 그에 대해선 한마디 말씀도 없었다. 그 아이가 자라며 남보다 발달이 느린 모습을 보였을 때 한소리하거나 혀를 찰 만도 하였으나 아무런 내색도 없었다.

사람은 자신이 가진 성격이나 성향이나 문화에 따라서
하기 쉬운 것과 어려운 것이 다 다르다. 어머니로서는 하기
어려운 것을 하기 위하여 마음속으로 많은 다짐과 노력이
있었다는 걸 나는 안다. 어머니가 나에게 해주신 많은 일
중에서 내가 제일 고마워하는 점이다.

  금가락지를 꺼내어 바라본다. 내게 쥐어주시던 그때의
어머니 온기가 느껴진다. 모양이 매끈하지도 않고 빛도 없
지만, 변함없이 제 가치를 스스로 지키고 있는 금가락지,
그것은 어머니였다.

두 번째
편지

한집에 같이 살았던 시어머니는 아들 사랑이 대단하셨다.

그 아들의 아들인 첫손자에 대하여는 정말로 온 정성을 다하셨기에 엄마인 나는 늘 밀리는 느낌이었다. 둘째를 갖고 싶어서 난 간절히 기도했다. 기다린 끝에 딸을 낳았을 때, 너무 좋았다. 시어머니는 첫손자를 돌보느라 바쁜 덕에 둘째는 오로지 나만의 아이인 것만 같았다. 무엇을 입히든, 먹이든 자유로웠다.

딸애는 잘 아프지도 않고, 순하게 잘 자라 주었다. 무엇이든 열심히 노력했다. 아들은 전형적인 사춘기를 지냈다. 그에 비해 딸은 교과서같이 모범적으로 자라났다. 그렇게 지내는 것이 속으로 너무 스트레스를 받는 건 아닌가 하여 걱정이 되기까지 했다. 너무 완벽해지려고 애쓰지 않아도 돼. 가끔 실수해도 괜찮아. 나의 그런 말들이 그다지 도움이 되지는 않았다.

딸이 고등학교를 졸업하고 대학교로 떠나기 전날이었다. 마치 영원히 나를 떠나는 것같이 허전했다. 실상 그동안 딸과 대화가 많이 없었음을 느꼈다. 그 아이는 언제나 자기일을 하느라고 바빴고, 나는 스스로 알아서 하는 딸에게 별로 잔소리나 할 말이 없었던 것 같다. 새삼 붙잡고 속이야기를 하자니 어색하여 편지를 쓰기로 했다.

나의 심정은 이랬다. 혼자서 노력하고 애쓰던 딸의 성격대로 감당하기 어려운 일도 혼자서 해결하려고 하다가 기진할까 염려스러웠다. 이제 아주 떠나버리는 건 아닐까, 걱정되어 한쪽 끈이라도 잡고 싶었던 것 같다. 처음 아기를 가졌을 때부터 품었던 나의 마음, 키우면서 내가 생각하고 느꼈던 것을 쓰기 시작했으나 영어로 내 마음을 정확하게 표현하기에는 아무래도 내 실력이 아쉬웠다. 몇 번을 고쳐

쓰다가 어려움이 있으면 꼭 나에게 오라는 말로 겨우 끝을 맺었다.

그 편지를 딸이 12년 후에 읽어 주었는데 내 생일 때였다. 1부 순서가 끝나고 좀 더 자유로운 분위기의 2부에서는 아이들의 축하 인사말 순서가 있었다. 딸이 단 위에 서서는 종이 한 장을 꺼내서 읽기 시작하였다. 편지 읽기를 끝낸 딸이 아무래도 부족했던 내 영어 실력이 부끄러웠던가, 엄마의 모국어가 영어가 아닌 점을 고려한다면 충분히 감동적이라며 말을 맺었다.

딸이 오랫동안 내가 준 편지를 간직하고 있었다는 게 무엇보다도 고마웠다. 어려서 온전히 내 것이었던 딸이 여전히 나의 것인 듯 느껴졌다.

그 딸이 결혼하고 아이를 낳았다. 저녁 시간, 딸은 퇴근하여 집에 가는 길에 내게 전화하곤 한다. 특별한 내용은 없다. 나는 딸네 식구가 사는 그곳의 날씨를 묻고, 아이들이 건강한지, 밥은 제대로 먹고 다니는지 묻는다. 매번 같은 말이다. 딸도 비슷한 대답을 하고 직장에서 있었던 일을 세세히 말한다. 나는 그래서 딸의 직장 동료를 마치 잘 아는 사람같이 느낀다. 딸이 집에 도착하면 우리는 전화를 끝낸다.

소소하고 평범한 대화에서 나는 딸의 마음을 읽는다. 저 안에 밀어 넣었던 내 젊은 날의 감정이 떠오른다. 아이들이 있고, 가정이 있고 일이 있었으나 문득 내가 무얼 하고 있는 걸까? 바쁘기만 한 이민 생활이 버겁고, 가끔은 아무도 없는 곳으로 숨고 싶어서 못 견뎌 하던 것, 아무 말 없이 듣기만 해 주는 사람이 있으면 행복할 것 같은데, 혼자서 갈증에 목이 타던 느낌이 새삼 느껴진다.

나는 딸에게 하고 싶은 말을 다하지 못하여 편지를 쓴다.

"아이들 키우느라 힘들지, 지금은 학교만 가도 쉬울 것 같지만 아이들은 커 갈수록 더 힘들어져. 그게 아이들이 자식으로 되어가는 통과의례 같은 거야. 나는 가끔 너에게서 젊은 시절의 나를 발견한다. 왜 안 그렇겠니. 우리는 모녀지간인데. 나는 네가 너무 아이들과 가정의 일에만 네 모든 것을 소진하지 말라는 이야기를 하고 싶다. 먼저 너 자신을 위하고 가꾸며 너만의 시간도 갖고 살기를 바란다. 안 그러면 나중에 텅 빈 자신을 발견할 거야. 가끔 일상이 견딜 수 없을 정도로 힘들어질 때면 내게 와서 쉬도록 해라."

딸에게 쓴 두 번째 편지를 부칠 수 있을지는 모르겠다. 아무리 정신없이 바쁘게 살아도 그게 젊은 날의 행복인지도 모른다. 나의 경험은 나의 것이고 딸은 자신의 인생을 그만의 방식으로 이뤄나가는 것이라는 생각이 든다.

딸도 이제는 18살이 아니고 나도 예전의 내가 아니다. 나이를 먹은 만큼 약해지기 마련인가 보다. 바람이 스쳐 지나가는 나무가 된 나는 그늘을 만들어줄 잎이 부족하다. 젊은 날의 활력으로 남은 나날을 살고 싶어도 이제는 마음뿐이다. 마음은 안 그런데 몸이 자꾸 누군가를 잡고 기대고 싶어진다. 살아가는 과정은 다 이러한가 보다. 그래도 나는 여전히 넉넉하고 유능한 친정엄마로 남아 있고 싶으니 두 번째 편지는 마음속에 접어두어야 할까 보다.

내 허물의
그림자

　오십년지기 친구들이 모였다. 말이 풍성하게 날아다녔
다. 떠오른 생각을 혹시라도 잊어버릴까 봐 급히 말을 꺼내
는 바람에 주제가 갑자기 바뀌기도 하면서 대화의 방향은
종잡을 수 없었다.

　분위기가 조금 안정되었을 때 한 친구가 딸과의 일을 이
야기했다. 딸의 행동이 섭섭하게 느껴졌을 때 갑자기 자신
의 어머니가 생각났다고 했다. 딸의 모습이 예전의 자신의
모습이었다고.

　그래서 관계에 대하여 생각하게 됐다. 인간관계, 그중에

서도 가족 간의 관계에 대하여 많은 이야기가 오갔다. 장성한 자식의 부족한 면을 보면 아쉽고 때로는 화가 난다. 생각해 보면 그것은 유전자의 영향일 수도 있고, 부모의 살아온 모습 때문일 수도 있다. 어떤 경우이든 부모의 역할은 대단히 중요하다. 그러나 대부분 자녀가 장성한 후에나 깨닫게 된다. 친정어머니는 그런 원리를 비교적 일찍이 알아챘던 것 같다.

어머니는 중년이 될 때까지 특별한 종교가 없었다. 외갓집이 굉장히 보수적인 유교 집안여서인지, 아니면 시집살이가 고되어서 다른 생각할 여유조차 없었는지 모른다. 내가 초등학교 5학년쯤 되었을 때다. 어머니는 동네에 있는 절에 다녔다. 전통적인 절이 아니라 회당이라고 불렸던 것 같다. 절을 하는 것이 아니고 큰 회당에 앉아서 설법을 듣고 눈을 감고 참선하는 곳이다. 어머니는 그것을 기도라고 불렀다. 정해진 시간에 회당에 가지 못하거나 하루치의 명상이나 기도를 하지 못하면, 집안일이 끝난 후 벽을 마주 보고 앉아 있고는 했다. 그 뒷모습은 매우 엄숙해서 나는 떠들거나 조를 수도 없었다.

어느 날 어머니가 나를 물끄러미 보더니, 한숨을 쉬듯이 말했다. "자식은 내 허물의 그림자라고 하더라." 초등학생이었던 내게 그 말은 충격이었다. 정확히는 모르지만, 어머니 자신이 무언가 잘못했다고 말하는 것 같았다. 무엇보다도 어머니가 속상해할 만큼 우리 자식들이 속을 썩였다는 것을 느끼게 하는 말이었다. 어머니는 쓸쓸해 보였으며 그리 행복해 보이지 않다는 느낌이 들었다.

어린 나는 생각했다. '식구들 모두 오빠만 너무 위하니까 오빠가 말을 좀 안 듣기는 하지, 그렇지만 뭐, 나는 속상하게 하는 일은 없는데.' 왠지 서운했지만 동시에 어떻게든 어머니를 기쁘게 해야겠다는 생각이 들었던 것 같다. 그것이 무엇이든.

어머니는 나중에 다른 종교로 개종하였지만 '자식은 내 허물의 그림자'라는 화두가 어머니를 계속 따라다녔던 것 같다. 사랑과 정성으로 자식들을 키웠지만 꾸짖는 법이 없었다. 자식들의 장래 결정에 큰 입김을 불어 넣지도 않았다. 자식들이 배우자를 데려왔을 때도 '네가 좋다면'이라는 한마디뿐이었다. 자식의 생각을 바꾸거나 고치려 하지 않고 인정해 주기로 했던 것 같다. 자식에게 때로 화가 나고 안타까울 때 자신을 다스리려고 스스로 주문을 외우신 건 아닐까. 어머니가 일일이 참견과 간섭을 하지 않는 것이 좋았으나 내 결정에 따라 스스로 져야 하는 책임이 무겁게 느껴지곤 했다.

어느새 내가 그때의 어머니 나이가 되었다. 특별히 작정한 것도 없이 어느새 나도 어머니와 같은 모습이다. 내가 자식을 키우면서 늘 조심하고 자신을 절제한 건 아니다. 그보다는 두려웠다는 말이 맞을 것이다. 하고자 하는 일에 확신이 서지 않았다. 물론 나의 허물이 자식들에게 그림자가 되지 않기만을 간절히 바랐다. 바람처럼 모든 것이 이루어지는 것은 아니었지만. 아이들에게서 섭섭함을 느낄 때도 나의 허물이라고 주문을 외면서 어머니를 생각했다.

어머니가 나에게서 보는 어머니의 허물은 무엇이었을까. 나는 나의 아이들의 삶에 어떤 영향을 끼친 걸까.

불교에서는 다른 사람의 허물이 바로 자기 허물의 그림자, 자기 허물이 저 사람이라고 하는 거울에 비추어서 바로 되돌아온다는 말이 있다. 우리의 마음에 일어나는 모든 생각이, 바로 자기로부터 나가서 큰 거울에 비추어서 다시 자기에게 돌아온다는 것이다. 다른 사람에게서 내 허물의 그림자를 보지만 내게는 또한 다른 사람의 허물의 그림자가 있을 것이다. 결국은 사람은 서로의 거울이다. 누구를 만나느냐에 따라서 서로 아름다워지기도 하고 같이 추해지기도 한다.

　나는 지금 어디에 있는 건지, 새삼 주위를 둘러보게 된다.

온전한
이해

　길을 잃었다. 어딘지 모르지만 먼 유적지로 단체 여행
중이었다. 불안에 떨며 헤매고 다니는데 남편이 나타났다.
내가 보이지 않아서 한참 찾아다녔다며 뛰어온다. 얼마나
고마웠던지 남편의 손을 덥석 잡으려는데, 잠이 깼다.
　"당신은 다시 태어나도 나와 결혼한다고 말할 것 같아."
　무슨 뜬금없는 소린가 하고 돌아보니, 졸고 있는 것 같았
던 남편이 텔레비전을 보며 하는 말이다. 만약 다시 태어난
다면 지금의 배우자와 다시 결혼하겠다, 안 하겠다 두 그룹
으로 나뉜 패널이 열띤 공방을 한다.

"내용이 너무 진부하다."

말하면서도 나 역시 TV 앞에 앉는다. 그룹을 대표하는 사람들이 그럴듯한 이유를 조목조목 풀어 놓는다. 대다수의 남자 패널이 지금의 부인과 결혼하겠다고 하는데, 여자들은 그럴 생각이 없다고 한다. 패널은 일반인의 생각을 대변하여 나왔으니 한국인 부부의 생각이 그렇다는 이야기인가 보다. 얼마 전 일본에서도 중년 부부를 조사하였더니 같은 결과가 나왔다고 한다.

꿈속에서는 너무나 고마워서 눈물이 날 지경이었는데 꿈은 단지 꿈이었는가 보다. 남편의 말에 금세 '아니오, 아마 아닐 걸요'라고 말하고 싶었다. 그나마 얼른 말로 실행하지 않은 것은 40여 년 결혼 생활에서 얻은 내공 덕분이었다. 내가 한참 동안 말이 없으니 남편이 무안했는지 마무리를 시도한다.

"내가 조금만 보완을 한다면 말이지."

어, 뭐지? 이야기가 흥미로워진다. 드디어 그 멀고도 멀다는 남편과 여편의 거리가 좁혀지는 건가. 돌아서서 남편을 본다.

"키가 조금 더 컸으면 좋겠고, 경제적으로도 더 풍족했으면 좋겠고."

　기대하던 답은 아니었으나 속으로는 조금 놀랐다. 오래 같이 살았으면서도 남편이 키가 그렇게 중요하다고 생각하는 줄 나는 몰랐다. 마음에 짚이는 것이 있긴 하다. 딸이 결혼한다고 사윗감을 데려왔을 때이다. 딸과는 잘 어울려 보이는 아담한 크기의 백인 청년이었다. 대부분 아버지처럼, 자기 딸은 꽤 괜찮은 딸이라는 자부심이 컸던 남편은 장래 사윗감에 대하여 마땅찮아 하며 부족한 점을 내게 열거하는데 그중에 하나가 '게다가 키도 크지 않으니…'였다. 나는 학창 시절에 키가 큰 편이어서 늘 뒷자리에 앉았기 때문에 키가 작다는 것이 누군가에게는 큰 열등감이 되리라는 것을 몰랐다.

　주말 모임에서도 '다시 태어난다면'이란 주제의 이야기가 있었다. 다시 태어나면 꼭 지금의 남편과 결혼할 거라는 부인이 있었다. 얼마나 사랑이 깊으면 그럴까, 기대하는 여러 사람에게 그녀가 말했다.

　"고생하여 간신히 적응됐는데 다시 다른 사람을 만나서 새로 맞춰나가기는 싫어요."

　남자나 여자나 상대방에게 적응하기 위하여 고생한다.

서로 다른 면을 맞춰가느라고 싸우고 양보하고 포기하고 협상하며 살다 보면 서로에게 편안함을 느낀다. 우리도 여느 부부처럼 서로를 이해하려고 애쓰며 살아왔다. 오랫동안의 경험으로 상대의 성격과 버릇을 알게 돼서, 서로의 일상과 호불호를 다 알고 있다고 여겼다. 그런데 언뜻 비치는 속마음을 보니 아닌가 보다. 남편은 키 이야기를 하였으나 진짜 하고 싶은 말은 따로 있었던 것 같다. 나도 가끔 내 마음속 말을 다 하지는 않는다. 남편이 나를 이해하지 못할 것 같기 때문이다. 사람들이 안다고 하는 것이 어쩌면 그저 짐작 정도만 하고 사는 것인지도 모른다. 서로를 견디고 적응하는 시간이 긴 것에 비하여, 여전히 상대를 모르는 채로 남아있다.

다시 태어난다면, 나는 지금의 남편과 결혼할 것인가? 그럴 것이다. 그때는 그의 행동뿐만 아니라 마음도 온전히 이해하고 싶기 때문이다. 이미 한 번 경험이 있으니 다음 번엔 잘할 수 있을 것도 같다.

회초리와
허세

　큰아들에게서 전화가 왔다. 반가웠다. 아들의 음성을 더 잘 들으려고 휴대전화를 귀에 바짝 갖다댔다. 저녁에 바(Bar)에 가서 야구 경기를 보자고 한다. 며느리는 출장 중이고 손자들은 외가에 가 있고, 저녁시간에 아들은 혼자라고 했다. 모처럼 맞이한 자유 시간을 우리 부부와 함께 하겠다니 웬 횡재인가.

　오늘은 집에서 가까운 에인절스 스타디움에서 엘에이 다저스와 에인절스의 야간경기가 열리는 날이다. 마침 한국 선수가 다저스의 선발투수로 나오니 우리가 꼭 보고 싶어 할 것이라 여긴 모양이다.

바에서? 글쎄, 하는 내 말에 한국 선수가 마운드에 선 것을 스타디움에서 직접 보고 싶어 하는 우리 마음을 읽었는지 아들이 표를 알아보겠다고 했다. 표는 이미 매진이 되었지만 어찌어찌 구했다는 연락이 왔다. 옥션에서 비싸게 샀을 것이다. 그냥 바에 가자고 할 걸 그랬나.

시간에 맞춰 아들이 데리러 왔다. 에인절스의 열렬한 팬인 아들은 그 팀 색깔인 붉은 티셔츠를 입고 있다. 나는 파란 옷을 입었는데 마침 다저스팀의 대표 색깔이라 그대로 가기로 했다. 스타디움으로 가는 길은 한꺼번에 몰려든 차량으로 복잡하기 이를 데 없다. 남편은 모처럼 뒷자리에서 느긋하다.

운전하는 아들의 옆모습을 바라본다. 어느새 이마는 넓어졌고 머리에는 새치가 반짝인다. 조금 낯설다. 나의 시간은 아직도 아들의 어린 시절에 머물러 있는데, 아들은 나 몰래 시간을 타고 훌쩍 뛰어갔나 보다. 그의 어릴 때 모습이 생생하다.

아들은 야구를 몹시 하고 싶어 했다. 난 늘 바쁘기만 해서 시간이 많이 소요되는 유소년 야구 리그에 아들을 참여시킬 수 없었다. 어느 날 나는 아들이 야구 카드를 사 모으는 걸 알았다. 그때는 야구 선수의 사진이 있는 카드를 모으는 것이 유행이었지만 문제는 내가 사준 게 아니라는 것이었다. 아들을 다그쳤더니 하굣길에 편의점에 들러서 샀다고 했다. 왜 부모의 허락을 받지 않았느냐고 나는 회초리를 들었다. 물론 큰돈은 아니었고 제 용돈으로 산 것이었으나 그 편의점(Liquor Store)은 술을 전문적으로 파는 곳이었다. 중학생 아이가 드나들기에는 적절치 않는 곳이었고 더군다나 정기적으로 갔다니 혹 불량배에게 해를 당할까 걱정이 되었던 것이었다. 체격이나 힘으로 보아 회초리를 피할 수도 있었는데 아들은 도망가지 않고 잠자코 종아리를 걷었다.

나의 출판기념회 겸 생일축하 자리에서 아들이 단 위에 올라서서 말했다. "부모가 되어 자식들에게 야단을 치면서 엄마의 회초리가 생각났어요. 매를 때리고 난 후 엄마의 눈에 맺혔던 눈물의 의미를 이제는 이해합니다. 그리고 감사드립니다." 아들이 그렇게 말해줘서 고마웠다. 그러나 내가 잡은 그 회초리에는 이민 생활의 피로감과 나의 좌절, 그리고 이유 없이 번지던 분노도 얹혀 있었던 것을 나는 안다. 어쩌면 그때 아들도 이미 눈치를 채고 있었는지도 모른다.

어둠이 내리는 주차장에서 성큼성큼 걷고 있는 아들을 우리 부부는 잔걸음으로 부지런히 따라간다. 어깨는 조금 굽었고 허리는 두툼하다. 바로 내 모습과 비슷하다. 아이들 중에서 큰아들이 성격도 모습도 나를 제일 많이 닮았다. 닮지 않았으면 하는 것이 더 닮는 법이다. 살이 쉽게 찌는 체질마저도 나를 닮았다. 그래서 나는 아들에게 살을 빼라는 잔소리도 하지 못한다. 막상 만나면 데면데면하게 아들을 대하지만, 그의 마음 흐름을 조금은 가늠할 수 있다. 삶의 짐이 그새 버거워진 건가 아들의 어깨가 무거워 보인다.

스타디움은 벌써 사람들로 꽉 찼다. 아들과 나란히 앉아서 야구를 본 지가 꽤 오래되었구나, 새삼스레 생각한다. 마치 아들이 나의 아들이라는 것을 잊고 있다가 지금 막 기억해낸 것처럼 기쁘다. 부드러운 바람에 실려 온 여름밤 공기가 달콤하다. 그가 한 여자의 남편으로, 세 아이의 아빠로 바쁘게 사는 게 보기 좋았고, 산다는 게 그런 게지, 했었다. 아들과 둘이서만 같이 사진을 찍은 게 언제지, 하는 생각이 들어서 남편에게 휴대전화를 내밀었다. 찍는 둥 마는 둥 남편이 급히 돌려주는 휴대전화에 청색과 홍색으로 배색된 옷을 입은 나와 아들이 화면을 꽉 채우고 있다. 우리 둘의 몸매를 생각해서라도 좀 멀리 찍을 것이지.

다저스가 계속 우세한 경기를 펼친다. 경기장을 가로질러 직선으로 빠르게 날아가는, 잡기 어려운 공을 다저스 수비진이 뛰어오르며 잡아냈다. 오늘 다저스의 경기가 잘 풀린다. 아들은 조용히 앉아 있다가 모처럼 에인절스 선수가 치고 나가자 벌떡 일어나 두 팔을 벌리고 소리 지르며 환호한다. 그런 아들의 모습은 조금 낯설다. 에인절스는 지금 와일드카드로라도 플레이오프에 나가야 할 판국이라 한 게임, 한 게임의 승패가 대단히 중요한 때인데 7대 0으로 지고 말았다. 경기가 무어라고, 아들은 기분이 축 처져 보인다. 위로라도 해 주고 싶은데 입으로는 딴소리가 나왔다.

"내가 응원한 팀이 이겼으니 아직은 내가 더 센 거야."

마음과 달리 여전히 허세가 튀어나왔다.

집에 도착하여 "땡큐", 쿨하게 보이고 싶은 엄마답게 짤막한 작별 인사를 건네고 아들을 돌려보냈다. 그런데 아들과 헤어진 지 몇 분도 되지 않아 슬그머니 휴대전화를 만지작거리고 있다. 아마 내일도 모레도 아들의 이름이 휴대전화에 뜨기를 기다릴 거다.

4

둘이 하는
여행

우리는
비로소 상대방에게 거리를,
여유를 주기 시작했는지 모른다.
오래 같이할 수 있었던 덕이다.
시간이 우리에게 준 변화가 고맙다.
기분 좋게 나른하다.
반환점을 지난 기차는 처음 떠날 때보다는
빨리 달리는 것처럼 느껴진다.
나의 삶도 같이 달린다.
우리를 실은 기차도, 삶도 종착을 향해 간다.
마지막 남은 시간이
지금 같기를 기대해 본다.

- 본문 중에서

간다,
걸어간다

    대화하기가 점점 어려워진다. 백세를 넘긴 시어머니는 점점 말이 없어졌다.

    그의 눈은 아득한 듯 너무 깊어서 무슨 이야기를 하고 싶은지 알 수가 없다. 가만히 곁에 앉아서 가슴에서 울리는 소리를 들어 본다.

—— 오늘도 지루한 하루가 지나간다. 전에는 이렇게 살아 뭐하나 하고 신세 한탄도 했지만, 이제는 그런 생각도 안 한다. 오늘 아침 어떤 여자가 찾아왔다. 자기가 누군지 아느냐고 자꾸 묻는다. 생각 나지 않아서 그냥 웃어 주었다. 왜들 그렇게 물어보는지 모르겠다.

이제 내게 그런 것들이 더는 중요하지도 않은데 말이다. 나는 별로 알아보고 싶은 사람도 없다. 아~ 아들이 왔다. 나는 이 세상에서 아들이 제일 좋다. 아들을 보기만 해도 웃음이 나온다. '내 아들이 최고야' 했더니 아들도 좋아서 웃는다. 며느리도 같이 왔다. 남편에게 잘해주라고 며느리에게 말했다. 아들 며느리가 애들을 몇 명 낳았는지 생각나지 않는다. 손자들 이야기를 묻지 않았더니 며느리가 애들 이름과 나이를 말해준다. 근데 금방 잊어버린다. 오늘은 사진 액자를 받았다. 내 증손자 같은데 누구 애들인지는 잊었다. 사진 속 아이들은 나를 좋아하는가 보다. 내가 볼 때마다 나를 보고 웃는다. 배가 고프다. 옆에 앉아있는 할망구가 또 소리를 지른다. 시끄러워 죽겠다.

사람이 서로 교통하는데 반드시 언어를 사용해야만 하는 건 아니다.

내가 갓 돌이 지난 손녀딸과 소통할 때도 마찬가지다. 무심히 쳐다보는 것 같던 손녀의 눈동자가 어느 날 반짝 빛나는 걸 보았다. 비로소 그 아이의 마음이 눈을 통해 보이기 시작한다. 마음의 전달이 시작된 것이다. 가만히 아이의 눈을 들여다보며 그의 마음을 읽는다.

── 오늘 아침에는 몸이 좀 피곤하다. 어젯밤에 잠이 안 와서 아빠와 너무 오래 놀았나 보다. 엄마보다는 아빠가 잘 놀아 주지만 무서운

얼굴로 '노'라는 말도 아빠가 더 많이 한다. 엄마는 벌써 나갔고 할머니가 우리 집에 왔다. 할머니는 내게 자꾸 닭죽을 먹으라고 입에 떠 넣을 것이다. 나는 아직 씹는 게 싫다. 그냥 병에 든 부드러운 것만 먹었으면 좋겠다. 그건 술술 잘 넘어가니까. 나는 요즈음 꽤 빠르게 기어서 내가 가고 싶은 곳으로 갈 수 있다. 물건을 잡고 오래 서 있을 수도 있다. 서 있다가는 조심해서 앉아야지 잘못하면 넘어져서 머리가 아플 때도 있다. 할머니는 내게 '할머니 좋아'를 자꾸 반복하여 들려준다. 내가 할머니 소리를 못 할까 봐 걱정되는가 보다. 내가 아직 말을 안 해서 그렇지 누가 마미, 대디, 할머니인지 다 안다. 할아버지도 안다. 할아버지가 나를 보고 웃는데도 나는 조금 무섭다. 엄마나 아빠는 같은 말을 쓰는 것 같은데 할머니가 하는 말은 조금 다르다. 왜 그런지 모르겠다. 사람들은 나만 보면 무언가를 들이대며 쳐다보라고 하면서 찰칵한다. 그리고는 그것을 들여다보면서 좋아한다. 내가 만나는 사람들은 모두 나를 안아보고 싶어 한다. 나는 밖에 나가는 건 좋지만, 모르는 사람을 만나는 건 좋아하지 않는다. 아, 졸리다.

백 년을 사이에 두고 태어난 증조할머니와 증손녀가 같이 이 세상을 살아간다.

둘 다 지금 자력으로는 걷지 못한다. 시어머니는 휠체어에 앉아 계신다. 십 년 전쯤, 허리에 압박골절이 생겼다. 뼈가 아문 후 다시 걷기 위하여 물리치료를 시작했다. 며칠 후, 치료를 중단한다는 물리치료사의 전화를 받았다. 그의 말에 의하면 어머니의 다리 근육을 보면 충분히 걸을 수 있는데도 치료를 거부하신다고 했다. 어머니를 설득하였으나 '이제 걸어서 뭐 하노!' 하며 완강하셨다. 오랫동안 걸어오셨다. 경상도 바닷가 근처의 시골에서 태어나 사업한다고 만주로 떠난 남편을 찾아 만주행, 그곳에서 잠시 행복한가 했으나 해방과 함께 귀국하여 귀향하였다. 자식들을 따라 서울로 옮기고 환갑도 넘은 나이에 미국행, 사십 년 넘게 미국에서 살고 있다. 지나온 길이 멀고 멀었으니 이제 신발을 벗고 앉아서 쉬기로서니 무어라 말할 사람도, 말할 수도 없다.

아마도 어머니가 다시 일어서서 걷는 일은 없을 것이다. 손녀는 지금 열심히 걷기를 배우고 있다. 곧 혼자 걷고, 뛰고 할 것이다. 말을 배우고 글을 익히고 놀랄 정도로 빠르게 자라서 자기 길을 갈 것이다. 사랑하기도 하고, 크고 작은 좌절을 맛보기도 하면서 성장해 나갈 것이다.

시어머니와 손녀, 나와 나의 딸이 걷고 있다. 여자 4대가 인생이라는 길을 간다. 크고 작은 보폭으로. 빨라졌다가 느려졌다가, 저마다 다른 속도로 걷는다. 시어머니는 아직 오지 않은 그 무엇을 무심히 기다리고 있다. 나는 지금까지 살아온 대로 나의 길을 걸어간다. 나의 보폭은 이미 줄어들었고 다리 힘도 예전 같지 않지만, 천천히 발걸음을 옮긴다. 시어머니의 삶이 나보다 더 힘들었을 텐데 나는 내 몸이 더 무겁고 지친 듯이 느껴진다. 부지런히 빠르게 걷고 있는 딸, 아직도 갈 길이 먼 그녀를 가끔 돌아본다. 마음으로 그녀에게 말을 한다. 너무 앞만 보고 뛰어가지 마라. 어차피 언젠가는 도착할 것인데 주위도 돌아보면서 천천히 즐기면서 가거라. 못 보고 지나친 게 많으면 나중에 아쉬움이 크게 남는단다.

손녀를 향하여 나는 손을 흔든다. 백 년 넘게 사신 증조할머니도 인생은 짧다고, 별거 아니라고 하시더라. 삶에 정답은 없는 것 같다. 네가 정말로 좋아하는 길을 가라, 네 영혼이 진정 원하는 자유로운 삶을 살았으면 좋겠다. 성실하게 교과서적으로 살아온 너의 엄마가 들으면 걱정이 많을 것 같아서 한편으로는 망설여지지만, 난 여전히 그렇게 말하고 싶단다.

보따리를
지고

나는 아주 어려서부터 보따리를 자주 쌌다. 다른 아이들이 밥상을 차리는 소꿉놀이를 할 때 나는 짐을 싸며 놀았다. 어디론가 떠나가는 상상을 하며 보따리를 들고 집안을 돌아다녔다. 가끔은 문간방까지도 진출했으나 주로 안방에서 마루를 거쳐 건넌방으로, 또 안방으로 돌았다. 몸은 집에 있었으나 마음으로는 전차를 타고, 버스를 타고 다녔다. 전쟁 통에 낳아서 그런가 보다고 언니가 많이 놀렸다. 세상에 태어나자마자 엄마 등에 업혀 피난을 갔으니 언니 말이 맞는지도 모른다.

내가 소중히 여겼던 그 보따리 안에는 많은 것이 들어 있었다. 막내 고모가 처녀 때 예쁘게 수놓은 손수건이 얌전히 접혀있고, 할머니가 쓰시던 닳아빠진 골무, 언니가 쓰다 버린 몽당연필, 어디서 나왔는지 모르는 쪽거울 같은 것들이었다. 집안에 굴러다니는 것마다 주워 담았다. 온종일 보따리를 가지고 놀다가 해가 기울면 다락 구석, 아무도 모르는 곳에 숨겨두었다. 아침이 되면 그 보따리를 풀어 없어진 물건이 없나, 하나씩 점검하였다.

그런데 자주색 보따리를 껴안고 길 떠나는 놀이를 할 때 내 상상력이 무엇을 그리며 어떻게 날았는지, 마음이 진짜 가고자 했던 곳이 어디였는지 잘 모른다. 늘 찾아다니기만 했는지, 정말 도착은 했는지 모르겠다. 대가족 살림에 어머니는 늘 바빴고, 나는 보따리와 그 안의 물건들에게 오랫동안 집착했다. 그것만이 내가 온전히 소유할 수 있었던 것이었다. 유년 시절이 그렇게 지나갔다.

결혼하고서 현실의 보따리를 쌀 일이 생겼다. 정말로 짐을 싸야 하나 말아야 하나, 많은 망설임 끝에 미국행을 결정하였다. 어려서부터 보따리짓을 하더니 팔자가 사나워져 만리타향에 가게 됐다고, 할머니는 혀를 차셨다.

알지 못하고, 상상도 어려운 곳으로 가기 위하여 짐을 싸는 것은 큰 도전이었다. 미국에 대한 정보가 많이 부족하여 어떤 이는 이민 올 때 쌀을 가져오기도 하던 때였다. 나는 한복 네 벌과 드레스 여섯 벌을 이민 가방에 욱여넣었는데 미국에서는 아무래도 한참 동안 장만하기가 어려울 것 같았기 때문이다. 그러나 그것들을 입을 기회는 없었다. 입고 갈 데도 없었지만, 미국에 도착하면서부터 불어나기 시작한 몸매로 옷들이 죄다 작아졌기 때문이다.

이민 초기 5년 동안에 여덟 번 이사 보따리를 쌌다. 가방 두 개로 시작한 미국 이민 살림이었는데 이사를 할 때마다 보따리가 늘었다. 나는 기운이 넘쳐났다. 욕심을 내어 이것저것 주워 들였다. 가족들이 함께였다. 보따리 안에는 내 것이라 여겨지는 많은 것들이 다양하게 쌓여서 마음이 뿌듯했다.

그런데 언제부턴가 많은 것들이 빠져나가기 시작했다. 어느새 시부모님과 아이들이 모두 집을 떠났다. 보따리를 살아있게 하던 것들이 모두 없어졌다. 허전하면서도 불안하다.

내가 어려서부터 보따리를 싸고 그것에 집착하던 것이

기억난다. 가는 곳이 어딘지 가고 싶은 곳은 어딘지 정확히 알지도 못하면서, 단지 가야만 할 것 같아서 집안에서 맴을 돌았다. 내 삶의 여정도 그와 같았다는 생각이 든다. 헤매고 살았는데 여전히 그 자리다.

이제는 상상으로 떠나는 것이 아닌 분명히 가야 할 곳이 있다. 누구나 한 번은 꼭 가는 곳, 도착할 때까지는 어딘지 알 수 없는 곳, 한 번 가면 다시 이곳으로는 올 수 없는 곳으로 가야 한다. 이 지구에서 여행은 즐거웠지만, 너무 고단하였다. 충분히 즐기었고 또한 견디었다.

이제는 내 보따리에 무엇이 남아있는지 그마저도 하나씩 버리도록 해야겠다. 여행 떠날 때 짐 보따리는 가벼울수록 좋으니까.

다
그렇게 사는 게지

어머니날이 가까워 온다. 레스토랑은 어디가 좋겠냐고 딸이 물었다. 해마다 어머니날에는 외식을 해왔고 올해도 식구들이 원하니까 정하기는 정해야 할 텐데 어디가 좋을까. 열 살 아래의 손자손녀 셋과 어른들 포함 열 명의 식구가 편안히 먹을 수 있는 곳이 어딜까.

작년에는 큰손자가 식당의 접시를 깼다. 식사를 무사히 마쳤다고 생각하며 나오는 길이었다. 여덟 살짜리 손자가 몸을 까불거리다 넘어지면서 얼결에 식탁으로 손을 뻗으면서 접시가 굴러 떨어졌다. 주인에게 사과하는 며느리를 뒤로하고 서둘러 식당을 나왔다.

식성 또한 제각각이니 아무리 나를 위한 날이라고 해도 대다수의 입맛에 무난할 집을 찾아야 한다. 선호하는 음식이 양식, 한식, 일식으로 나누어지니 먹을 음식 결정하는 것도 생각만큼 쉽지 않다. 아들네 어린 세 손자도 서로 다른 입맛을 갖고 있으니 그들의 식성도 고려해야 한다. 차라리 내가 음식을 장만하는 것이 낫겠다 싶기도 하다.

이번에는 특별히 갖고 싶은 것이 있느냐고 딸이 묻는다. 이왕이면 내가 원하는 것으로 선물하고 싶단다. 지금 가진 것도 조금씩 정리하려고 하는데 더 무얼 원하겠는가. 선물을 고르는 수고도 덜어 줄 겸 "아무것도 필요 없지만 굳이 주겠다면 현금도 좋은데"라고 말했다. 딸이 재미없다는 얼굴을 하며 다문 입을 찌그러뜨린다.

아이들을 셋이나 키우고 더없이 바쁜 아들에게서는 어머니날 가까이 돼서야 전화가 올 것이다. 어떤 선물을 사면 좋겠냐고 급하게 물어보면 무어라 말해야 하나? 그래도 다들 마음 써주는 게 고마울 뿐이다.

선물이 필요 없다고 말은 했지만 받고 싶은 선물이 전혀 없는 것은 아니다. 요즈음 내가 글은 잘 쓰고 있는지, 어떤 그림을 그리고 있는지를 물어 봐주면 좋겠다. 잠은 잘 자는지, 어떤 약을 왜 먹고 있는지도 궁금하게 여겨 주었으면 한다. 행복한지, 제일 하고 싶은 것이 무엇인지 관심도 끼워주면 더 좋겠다. 마음을 괴롭히는 것은 없는지도 물어 봐 준다면 더 큰 선물은 없을 듯도 싶다. 그런데 그 선물은 올해도 못 받을 것 같다. 나의 아이들도 복잡한 시대를 살아가는 평범한 젊은이일 뿐이다.

20여 년 전의 나도 그랬다. 어머니께 필요한 것이 있느냐고 여쭈면 친정어머니께서는 맛있는 음식도, 선물도 아무것도 필요 없다고 손사래를 치시곤 했다. 그때는 그것을 'No' 라는 말로 알아들었다. 어머니날이 가까워져 오면 백화점을 돌아다니며 내 눈에 좋아 보이는 옷을 사서 드렸다. "정말 잘 어울려요, 멋져요." 하면서 입혀드리고 나 스스로 만족해했다. 비싼 것이라고 생색을 내기도 했다. 진짜 받고 싶어 하셨을 선물에 대하여는 짐작하지 못했다. 어머니도 딸에게 못하는 말씀이 있다는 것을 몰랐다. 관심을 받고 있지만 때때로 아주 쓸쓸하고 외롭다는 것을 알지 못했다.

어머니께서 잠들어 계신 로즈 힐 공원묘지를 찾았다. 과하다고 하실 만큼 큰 장미꽃 다발을 샀다. '아이고 웬 꽃을 이렇게 많이⋯.' 마치 생시인 듯 어머니 음성이 귓가에 울린다. 꽃을 화병에 꽂아 제 자리에 놓으니 주위가 다 훤해지는 것 같다. 어머니날이 다가와서 그런지 공원묘지에 유난히 많은 사람이 있다. 한 젊은 남자는 묘지를 찾지 못하였는지 아까부터 완만히 경사진 언덕 아래를 계속 왔다 갔다 하며 비석을 찾고 있다. 나무 그늘에는 혼자 책을 읽는 사람도 있고, 나처럼 망자의 곁에 앉아 마음속 후회를 펼쳐 놓는 사람도 있다.

　어머니 죄송해요, '괜찮다, 다 그렇게 사는 거란다.' 돌아가신 어머니의 위로를 듣는다. 반짝이는 검은 대리석 비석 위에서 붉은 장미의 자태가 더욱 두드러진다. 어머니께서 좋아하실까? 그러고 보니 어머니는 소박한 것을 더 좋아하셨던 것 같다. 우리 집 정원에 연분홍빛 수국이 피어나면 예쁘다고 감탄하시며 양손으로 꽃송이를 감싸곤 하던 생각이 이제야 난다. 이 나이쯤에는 어머니 마음을 알 수 있으리라 생각했건만, 여전히 어머니보다 내가 앞에 있다.

　나는 아직도 나이만 먹은 여자인가 보다.

염치라는
것

곧 의사의 전화가 올 것이다. 정기 검진을 받고 의심되는 부분이 있다고 하여 조직 검사를 한 것이 일주일 전이다. 오늘이나 내일쯤 검사 결과를 전화로 알려 준다고 했었다. 별로 걱정하거나 초조해하지 않으리라 작정했지만, 마음은 생각과 달리 시간을 세고 있다. 다시 봐도 제자리에 머물러 있는 듯한 벽시계를 외면하고 시원한 바람 한 줄기가 그리워 뒤뜰로 나갔다.

화단에는 잡초가 마치 제 집인 양 활개를 치고 있다. 거둬낸 지 얼마 되지 않았는데 벌써 화단을 덮고 있다. 원래

분재로 실내에서 키우던 스파이더 플랜트인데 물주기가 불편하여 정원에 내놓았다. 자리를 옮겨 밖에 나가게 되니 불안했던가. 자신의 영토를 너무 넓혀 놓았다. 더불어 살지 못하고 주위를 괴롭히니 잡초 취급을 받게 됐다. 아무래도 뽑아내야지 그냥 두면 살아남을 화초가 없을 것 같아 손호미로 잡초가 된 화초를 걷어내기 시작했다. 보이는 대로 잡아당겨 보는데 깊숙이 뿌리를 내리고는 꿈쩍도 않는다. 땅과 이웃을 움켜쥐고 있는 품새에 새삼 놀라며 그 강인함과 질긴 모습에 고개를 돌리고 싶어진다. 호미 쥔 손에서 힘이 빠져나가고 나는 화단 모서리에 그대로 주저앉는다.

답답한 마음으로 주위를 돌아본다. 환영받지 못하는 존재로 있는 것들이 여기저기 꽤 눈에 띈다. 다소곳이 있다가 조용히 말라가는 것도 있고, 손을 대면 쉽게 항복하여 뽑혀나올 듯한 것도 보인다. 생명이 있는 한 욕심은 버릴 수 없는 거라고 해도 그 모습은 다 제각각이다. 얼키설키 무리지어 뿌리내린 잡초가 염치없다 여겨지기도 한다,

잡초들의 생존 속에서 사람 사는 모습을 본다. 옛날에는 인간의 도리를 중요하게 생각했다. 요즈음같이 많은 법조항으로 인간의 삶을 규제하지도 않았다. 도덕이 사회의 가치

기준이 되어 양심이 부끄러움을 알게 하므로 욕심을 부리지 않고 인간으로서의 자존심을 지키며 살아갈 수 있었다.

현대는 복잡해지고 물질 만능시대로 변해 버렸다. 물질이 삶을 지배하는지라 너도나도 욕심을 부리며 끌어안고 쓸어 담기에 바쁘다. 자부심이 없어지고 사소한 이익 앞에 수치심을 잊어버린 지 오래다. 당장은 주위를 이기고 득세하지만 결국에는 자기 자신도 소멸할 수밖에 없는 것이다.

모든 것이 예전 같을 수가 없다. 화초나 잡초처럼 몸도 마찬가지다. 몸의 기능이 떨어지고 아픈 곳도 여러 군데 생긴다. 순응하여 동행하며 살아갈 수밖에 없으리라. 몸 안에 무엇을 품고 있는지 모르지만 제발 염치없이 뻗대지 말기를 바란다. 터무니없는 욕심으로 몸집을 키우지 말고 조용히 있다가 슬그머니 사라져 주는 것이면 좋겠다.

어디 몸뿐이랴. 하루에도 여러 번 마음에 들어와 머물다가 떠나기도 하고 주저앉기도 하는 감정이 있다. 늘 기쁘고 행복하고 즐겁기만 한 것은 아니다. 서운함과 부러움, 우울함과 외로움 그리고 슬픔과 좌절 또한 정기적으로 들르는 방문자이다.

아마 누군가의 위로와 격려가 필요했나 보다. 그냥 말이 하고 싶었는지 모른다. 휴대전화 안의 연락처를 짚어 내려 갔다. 그 많은 번호 중에 막상 걸 데는 없어서 전화기만 들여다보고 있다.

　오늘 누군가가 곁에 있으면 좋겠다. 마주 앉아 차 한 잔 나누며 이 시간을 같이 보내고 싶다. 허전한 마음이 갈 곳 을 모르고 서성인다. 이것이 외로움인가? 감나무 뒤로 해 가 기우는데 정원을 지나가는 바람이 서늘하다.

　의사가 안 좋은 말을 해 주더라도, 산다는 것에도 너무 욕심부리지 말고 염치를 차릴 수 있으면 좋겠다. 내 마음 밭도 엉망이 되어버린 우리 집 뒷마당같이 되지는 않았으 면 좋겠다.

　잠시 내려놓았던 호미를 들고 잡초를 뽑는다.

복지센터
이야기

　　노인복지센터의 오후, 소란하던 홀 안은 어느새 조용해
졌다. 이제는 집으로 돌아갈 시간이다. 음악과 운동, 빙고
게임을 하며 흥겨웠던 할머니, 할아버지들은 나른한 표정
으로 앉아있다. 그들은 버스를 기다린다. 센터는 연세가 드
신 분들의 안전과 건강을 증진하기 위하여 낮 동안 돌봐드
리는 곳이다.

　　오늘은 순희 할머니의 자리가 유난히 휑해 보인다. 휠체
어를 타는 그녀는 출입구 왼쪽 맨 앞에서 버스를 기다리곤
했다. 며칠간 혈압이 조절되지 않아서 병원에 입원하였는

데, 이겨내지 못하고 끝내 세상을 떠나셨다.

그녀는 자주 나의 손에 사탕 하나를 쥐어주곤 했다. 남이 볼까 봐 아주 은밀하게. 보통은 포장 종이가 사탕에 녹아 붙어있었다. 그녀 자신도 사탕을 입에 넣곤 했다. 당뇨가 있는 그녀가 걱정되어 나도 모르게 큰 소리로 말렸다. 그녀는 윙크하듯이 눈을 찡긋하며 말했다. '괜찮아요, 내 나이가 되면 그런 것 걱정하지 않아도 돼요. 아무것도 상관없어요.' 그녀의 음성이 들리는 것 같다. 그립다.

정순 할머니는 두루마리 키친타월을 껴안고 있다. 모처럼 빙고 게임에서 상품으로 받은 것이다. 그녀의 고개가 옆으로 비스듬히 숙어진 걸 보니 그새 잠이 든 듯하다. 정순 할머니의 앞자리는 비어있다. 정순 할머니의 절친이었던 영자 할머니의 자리였다. 정순 할머니와 영자 할머니는 늘 마주 보고 앉았다. 사람들은 익숙한 것을 좋아하는데 이곳에서도 마찬가지다. 매일 같은 자리에 앉기를 원한다. 간혹 다른 사람이 자신이 앉던 자리에 먼저 앉으면 자리다툼을 하기도 한다. 또 마음 맞는 사람끼리 마주 보거나 곁에 앉기를 바란다. 그렇다고 그들이 특별히 많은 이야기를 나누는 것도 아니다. 영자 할머니와 정순 할머니도 서로 다정히 지냈다. 두 할머니는 비슷한 성격을 가졌으나 영자 할머니가 정순 할머니보다 인지능력이 조금 나았다.

어느 날 영자 할머니가 턱으로 정순 할머니를 가리키며 말했다.

"저 친구가 전에는 얼마나 똑똑하고 아는 게 많았는데 지금 저렇게 됐어." 안타까운 눈길을 친구에게 주었다. 정순 할머니가 아무리 좋은 능력과 품성을 갖고 있었다 해도 그녀의 화려했던 과거를 이제는 짐작할 수 없을 지경이 되었다. 누구나 인생에서 빛나는 시절이 있다. 많은 것이 사라지고 지나온 날의 흔적조차 희미해지지만, 자신의 반짝이던 시절을 기억하고 안타까워해 주는 친구가 곁에 있다면 정말 좋겠다, 생각하며 나 역시 두 분을 옆에서 지켜보는 게 좋았다.

그리고 두 주쯤 지났을 때 영자 할머니가 갑자기 자리에 누웠다. 감기같이 시작된 것이 폐렴이 되고 끝내 회복하지 못하고 세상을 뜨고 말았다. 영자 할머니의 자리는 아직 비어있는데 정순 할머니는 빈자리를 마주하고 여전히 같은 모습으로 앉아있다. 정순 할머니의 표정만 보아서는 그녀가 친한 친구를 잃어 상심하고 있는지 아닌지 가늠할 수가 없다. 그 연세가 되면 그런 것인가.

잠시 일하겠다고 시작했지만 난 여기가 좋아졌다. 나로서는 아직도 배울 것이 참 많은 곳이다. 할머니가 된 여인이 한때는 남편의 내연녀였던 여자와 이곳에서 마주쳤다. 놀램도 잠시, 그들은 곧 같은 공간에서 식사하고 하루의 반나절을 같이 지낸다. 평생의 원수로 생각했던 사람과도 한 장소에서 얼굴을 마주 보며, 무심한 듯 스치고 지나친다. 포기일까, 관용일까, 허무함일까, 여기서는 내가 삶에 대하여 무엇을 안다고 하지 못한다.

순희 할머니는 그 나이가 되면 아무것도 상관없다고 했다. 죽음을 마주한 그녀의 모습이 보이는 듯하다. 자신이 가졌다고 믿었던 것과 아끼던 것, 그것이 무엇이든 티끌같이 가볍고 보잘것없는 것이었다는 걸 깨닫는 순간 비로소 삶에 평안함이 오는 것 같다.

난 아직도 먼 길을 가야 할 듯싶다.

둘이 하는
여행

이번 여름에 한국에서 손님이 온다고 했다. 같이 여행하고 싶어서 6개월 전에 애리조나 주에 있는 세도나에 숙소를 예약했는데 오기로 한 손님은 건강이 좋지 않아 여행계획을 취소했다.

이미 숙박료는 지급했고 환불은 어렵다고 한다. 남편과 둘만의 장거리 여행을 가야 할지 고민이 되었다. 사람들과 어울리기를 즐기는 남편은 여행도 다른 사람들과 같이 가는 걸 좋아한다. 반면에 나는 단출한 것을 좋아한다. 마음 맞는 친구들과 동행하는 것은 행복한 일이지만 번잡한 것

보다는 차라리 혼자 가는 게 좋다. 세도나로 단체 여행을 가보기는 했지만, 개인적으로는 처음이다. 가을에 세도나를 향해 떠났다가 폭설로 되돌아온 기억도 있다. 그러나 그냥 집에 주저앉기에는 뭔가 서운했다. 고대했던 여행이 무산된 게 아쉬웠다. 결국, 남편과 둘이 여행을 떠나기로 했다. 큰 기대 없이 쉬엄쉬엄 가기로 했다. 이미 가본 곳이지만 체력이 되는 대로, 마음이 끌리는 대로 하기로 했다.

남편은 사람도 좋아하지만, 아름다운 자연경관을 즐긴다. 그는 사막의 황량함도, 푸른 숲길도, 황토색 바위도, 눈에 들어오는 모든 것을 반가워했다. 날씨는 더웠다. 트레일을 걸었지만 햇볕이 너무 뜨거워서 중간에 되돌아오기도 했다.

기차를 타기로 했다. 시속 10마일에서 20마일로 베르데 캐년(Verde Canyon)을 간다는 기차다. 왕복 4시간이나 걸린다고 하여 망설였으나 개인 자동차로는 닿을 수 없는 곳으로 간다고 하니 숨은 보석을 찾는 마음으로 기차를 탔다. 각 기차 칸 뒤에는 캐노피 달린 오픈 차가 붙어있다. 남편은 뙤약볕이 싫다고 객실 안으로 들어갔다. 쾌적하게 창문을 통해 보는 게 더 좋다고 맥주 한 잔을 사서 들고 자리에 앉아 버렸다. 나는 혼자 오픈 객차로 나왔다. 따끔거릴 정도의 햇볕도, 바람도 좋고 무엇보다도 천천히 눈앞에 펼쳐지는 계곡의 경치가 즐거웠다. 머리도 맑아지는 것 같다.

예전에는 농장이었다는 펄킨스빌이란 곳에 잠시 정지했다. 이곳을 반환점으로 하여 기차는 다시 광산마을이었던 클락데일로 돌아간다. 남편이 객차 바깥으로 나왔다. 아이스크림을 내게 건네주고는 잠시 머뭇거린다. 나는 그가 무슨 말을 하고 싶은지 안다. 바깥은 더우니까 어서 안으로 들어가자고 말하고 싶을 거다. 움직일 기미가 없는 나를 보고는 말없이 돌아서 객차 안으로 들어간다. 나도 그를 붙잡지 않는다.

사진을 몇 장 찍어 SNS에 올렸다. 요즘 아이들과 대화하는 빠른 길이다. 제목을 '결혼기념일을 축하하며 여행을 한다.'라고 썼다.

많은 일이 지나갔다. 서로 다른 성격과 체질을 가지고 결혼이라는 차를 같이 탔다. 지루함도, 소음도 견디며 함께 갔다. 그 안에는 뜨거운 열기가 타오르기도, 바람이 싸늘하게 불기도 했다.

이 기차여행이 마치 우리의 결혼생활 같다는 생각이 든

다. 기차는 우리를 태우고 같은 목적지를 향해 오고 가지만. 우리는 그 안에서도 서로 좋아하는 위치가 다르다. 각자 하고 싶은 것과 싫은 것이 있다. 예전 같으면 자기가 원하는 곳으로 상대방을 끌고 가려고 설득하다가 싸우고 말았을 것이다. 그것이 상대를 위하는 최선이라고 생각하면서. 이제는 상대가 원하는 대로 내버려 둔다. 둘이 하는 여행도, 생활도 조금 편안해졌다.

'함께 있되 거리를 두라. 그래서 하늘 바람이 너희 사이에서 춤추게 하라.'는 칼린 지브란의 시처럼 우리는 비로소 상대방에게 거리를, 여유를 주기 시작했는지 모른다. 오래 같이할 수 있었던 덕이다. 시간이 우리에게 준 변화가 고맙다.

기분 좋게 나른하다. 반환점을 지난 기차는 처음 떠날 때보다는 빨리 달리는 것처럼 느껴진다. 나의 삶도 같이 달린다. 우리를 실은 기차도, 삶도 종착을 향해 간다. 마지막 남은 시간이 지금 같기를 기대해 본다.

정리의 비법을
알아내다

오랜만에 아저씨에게 안부 전화를 했다. 당숙이기는 하지만 돌아가신 아버지와도 유난히 가까웠던 분이라서 친삼촌 같은 분이다. 우리는 서로의 안부를 묻고, 한국의 친척 근황, 요즈음 자주 내리는 비 이야기, 여행에 관해 두서없이 생각나는 대로 이야기했다. 가끔은 서로의 이야기를 가로막기도 하고 이미 했던 이야기를 또 하기도 하면서.

아저씨의 고민은 집 정리라고 했다. 아주머니가 돌아가신 지 벌써 30년. 아저씨는 팔십이 넘은 지금까지도 그 큰 집을 혼자서 지키고 있다. 오랫동안 해왔던 일을 접고 사무실을 닫은 게 작년이다. 동부에 사는 딸이 방문할 때마다 짐을 없애라는 잔소리를 하는데 그러마, 해놓고는 아직도 버리지 못하고 있다고 했다. 수십 년 전 미국에 유학 왔을 때 한국의 친척들이 보내온 편지도 아직 갖고 있다. 아저씨는 이 편지를 내게 주겠다고 말한 적이 있다. 글 쓰는 데 참고하면 좋을 거라고 했는데 아직 받지 못했다. 그 편지를 갖고 싶지만 난 아무 말도 하지 않았다. 그의 젊음과 그가 사랑했던 분들의 삶이 담겨있는 것이기에 오래된 편지라고 치워버리기에는 너무 아쉬울 것이라고 짐작했기 때문이다.

책도 버리기 어려운 것 중에 하나라고 아저씨는 한숨을 쉬었다. 버리는 방법을 배우려고 '정리의 비법'이라는 책까지 샀는데도 아직 버린 게 없다고 했다. 결국, 줄이기는커녕 책 한 권만 더 늘어난 거네요, 그렇게 나와 아저씨가 웃으며 전화를 끊은 게 얼마 전이었다.

집안 정리에 대한 아저씨의 고민은 의외로 쉽게 해결됐다. 친구의 갑작스러운 부음에 충격을 받으신 아저씨가 집을 팔기로 했다. 내놓은 지 며칠 만에 집이 팔려 버렸다. 집을 비워줘야 할 시간이 촉박해서 아저씨는 몹시 당황했다. 직접 정리를 하려고 하니 진척이 없었다. 하나를 집어서 보더니 다른 쪽에 쌓아 놓는 자신을 발견했다고 한다. 동부에 사는 딸이 와서 집안 정리를 해 주었다. 그녀는 건축용 큰 쓰레기통을 두 개나 주문해서 집 앞에 놓았다. 그리고는 매일 집 안의 물건을 내다 버렸다. 일주일쯤 지나 쓰레기통이 거의 찼을 때 집안도 모두 정리되었다. 아저씨는 옷가지 조금하고 서류 한 상자와 컴퓨터를 들고 그 집을 떠났다. 그리고는 바닷가에 새로 지은 주상 복합 아파트 단지로 이사하였다.

이제 아저씨 집에는 아주 간단하게 TV와 작은 소파, 탁자 하나가 전부였다. 이번에 새로 산 것들로 집안은 마치 젊은 싱글이 사는 것처럼 산뜻했다. 버리지 못하는 아버지를 위하여 딸이 강하게 밀어붙인 덕이다. 아저씨는 자신이 직접 하기 어렵다는 것을 알고는 일부러 눈을 감고 딸이 하는 대로 내버려 둔 듯하다.

"아저씨가 원하는 대로 정리를 잘하게 되었네요, 축하드려요." 하는 나의 말에 아저씨도 나를 보고 웃었다. 지금은 가끔 예전에 쓰던 물건이 생각나기도 하지만 그런대로 괜찮다고 한다. "모든 것이 헛되고 헛돼." 거듭해서 말했다. 집안은 깨끗하고 시원했는데 나도 그런 것을 원했던 것 같다. 정리해야 하는데, 하며 은근히 강박감이 들어서 살곤 했다.

우리 집에도 잘 버리지 못하는 남자가 한 명 있어서 나와 가끔 입씨름하기도 한다. 인제 그럴 필요도 없는 것 같다. 다 버리면 되는 것이다. 어쩌면 그조차도 남의 손을 빌릴지 모른다. 그런데 생각만으로도 왜 마음이 서늘해지는 걸까. 추억이, 살아온 삶이 뭉텅 떨어져 나가는 것 같다.

아저씨의 딸은 돌아가신 어머니의 추억에서 아버지가 벗어나도록 그랬을 거다. 그래도 산다는 게 어디 그런가. 어쩔 수 없이 강제 정리를 당한 것 같은 느낌이 든다. 당연한 일이지만, 애써 눈 감고 생각 안 하려 했던 것이 눈앞에 닥쳤다. 필요한 물건이 하나씩 줄어들고, 한때 반짝이던 청춘을 기억하고 알아봐 줄 친구들이 줄어들고, 더불어 대화를 나눌 수 있는 주위 사람들도 사라진다. 추억조차도 부서져 파편이 되어 나타났다가는 사라진다. 원하지 않는 모습이라고 해도 피할 수 없이 필연의 그곳을 향해 나간다. 어쩌면 한순간의 정리가 제일 좋은 비법인지도 모른다. 온 우주에 하나뿐인 나의 모습도 결국엔 흙이 되며 자연의 일부가 되어 사라진다. 마치 아무 일도 없었던 것처럼.

아니 어쩌면 나는 짐작할 수 없는 다른 형태로 어딘가에
존재하게 될지도 모른다. 내가 정리한 모든 것들이 어떤
모습으로라도 이 세상에 존재하듯이. 그러고 보면 정리라
는 것도 끝은 없는가 보다.

그래도 살아있는 동안에는 살아가야 하는 것이니 어쩌
랴.

마지막
파도타기

한여름이었는데 몸이 아팠다. 기운이 없고 숨쉬기도 버거운데 몸은 천근으로 무거웠다. 마음은 늪에 빠진 듯 자꾸 가라앉아서 꼼짝하기 싫었다. 한동안 외출하지 않았는데 좋아하는 이들이 함께 모인다고 해서 집을 나섰다.

H도 왔다. 그녀는 나의 후배이고 친구이며 속마음도 편안히 말할 수 있게 하는 특별한 재주를 가진 사랑스러운 여인이다.

어떻게 지냈어요? 묻는 그녀에게 나는 그동안 죽고 싶었다고 엄살을 떨었다. 그녀 앞에서는 언제나 말이 쉽게 나왔다. 내 말을 듣고서 그녀는 미소를 띠며 "언니는 그랬구나, 나는 암이래." 하고 말했다. 놀라서 아무 말도 못 하는 내게 그녀가 덧붙였다. "폐암. 말기라고 하네. 수술도 어렵다고." 평온해 보인다고까지 할 수 있는 말투와 표정이었다. 나는 무슨 말을 어떻게 해야 할지 몰랐다. 사는 게 뭐 이따위야.

자연스럽게, 살던 대로 살겠다고 그녀가 말해서 나는 물색없이, 정말 하던 대로 그녀를 대했다. 이래도 되는 건가? 하는 생각이 스치기는 했으나 그녀가 원하는 바가 그러하리라 믿기로 했다. 요즈음 살이 쪄서 죽겠어 하면 그녀는 말했다. 나는 말라가는데 내가 좀 가져올 수 있으면 좋겠다. 그녀가 손녀를 일주일에 하루씩 봐주기로 했다고 했다. 힘이 들 텐데. 그녀는 그냥 웃었다.

그녀는 문학을 사랑하고, 예술의 깊이를 마음으로 느끼며, 미(美)를 진정으로 사랑했다. 여름의 끝 무렵, 그녀는 산책하러 가까운 바닷가에 나갔다. 바다에는 파도타기 하는 사람이 많았으나 유난히 그녀의 눈길을 끄는 사람이 있었다. 그 남자는 파도가 한 번 지나가면 다음에 오는 파도를 탈 준비하며 수평선 쪽을 응시하고 있었다. 그녀는 난간

위에서도 그의 불안을 느낄 수 있었다. 그녀는 그 느낌을 글로 썼고, 내게도 보여주었다. 서프보드(Surf Board) 하나에 의지하여 큰 파도를 타 넘으려는 사람이 불안하고 외롭게 보였다고 표현했으나 사실은 그녀 자신을 말하고 있는 것 같았다. 두려움을 느끼면서도 그녀는 어떻게 그렇게 평온하고 담담하게 일상을 살아갈 수 있는가? 현실감이 떨어진 나는 어쩌면 모든 것은 없었던 일이 되고 그녀는 건강하게 계속 우리 곁에 있게 될지 모른다는 생각도 가끔 했다.

크리스마스 무렵이었다. 그녀가 분홍색 실내 슬리퍼를 내게 선물했다. 선물을 받으면서도 나는 내심 놀랐다. 연말의 쇼핑처럼 피곤한 일이 없다. 투병의 고통 가운데서도 무엇을 선물할까 하고 골랐을 그녀를 생각하니 울고 싶었다. 푹신하고 따뜻한 그 슬리퍼가 나의 겨울을 따뜻하게 해주었지만 앞으로 그녀에게 다가올 일들을 생각하니 두려웠다.

겨울이 깊어 가는데, 그녀가 외출하기는 어려운 줄 알았지만, 혹시나 하고 연락을 해봤다. 그녀는 만나고 싶으니 집으로 오면 좋겠다고 했다. 나는 정말 고마워하며 그녀의 집을 찾았다. 문을 연 그녀가 머리에 손을 얹으며 말했다.

"나, 맨머리인데 괜찮지요? 이제는 가발도 무겁게 느껴져요." 창백하지만 자그마한 얼굴에 두상이 예뻤다. 그녀의 어깨너머로 옷대에 걸려있는 가발이 보였다. 치료 중에 빠진 머리카락 때문에 손녀가 무서워한다고 하여 내가 갖고 있던 가발을 건네준 것이 삼 개월 전이었다. 자주 만난 친구처럼 우리는 그저 소소한 일상을 이야기했다. 갑자기 생각난 듯 그녀의 건강 근황을 묻기도 하고 손녀들의 이야기를 나누기도 했다. 홀로 남겨질 남편이 걱정되지만, 워낙 낙천적인 사람이니까 괜찮겠지, 그녀가 지나가는 말처럼 하기도 했다. 일부러 외면하거나 부정하는 건 아니었다. 그녀는 삶에 담백하고 인생을 사랑하는 평소의 모습 그대로였다. 자신에게 다가올 가까운 미래에 대하여도 주저 없이 순응하였다.

그녀를 만나고 돌아오는 길 위에서 나는 나의 삶을 타인의 눈으로 바라볼 수 있었다. 그녀의 밝은 빛이 내게 드리운 우울의 그림자를 걷어내는 것 같았다.

이른 봄날이었다. 그녀가 떠났다는 연락을 받았다. 마지막 인사를 하려고 그녀 앞에 섰다. 사진 속에서 그녀는 선하게 웃고 있으면서도 눈에는 장난기 가득한 평소 모습 그

대로였다. 비로소 그녀의 부재가 느껴졌다. 그녀가 간 것이 아니라 내가 잃어버렸다는 생각이 떠나지 않았다. 그녀가 가고 난 후 나는 여전히 소소하고 잡다한 일로 가득한 일상을 살고 있지만, 그녀의 삶에 대한 태도와 생의 마지막 모습이 자주 떠오른다. 그녀를 닮고 싶다는 생각이 든다.

사람들은 인생의 고비나 전환점에 다다르는 것을 종종 파도타기에 비유한다. 손녀의 초등학교 졸업식에서도 주제가 '중학교로의 파도타기'였다. 사람들은 살면서 수많은 파도타기를 거치고 끝으로 제일 큰 파도를 만난다. 인생의 연륜이 깊다 하여 그 파도타기가 쉬운 건 아니다. 두려움을 이기고, 생을 사랑하고 늘 미소 지을 수 있었던 H가 내 마음에 들어온다. 비디오를 되돌리듯이 그녀가 보여 준 모습을 자주 음미한다.

잘 가,
나는 잘해낼 거야

    형부가 세상을 떠난 것은 내가 한국행 비행기를 타고 있던 밤 한 시쯤이었다. 장례식장에 도착했을 때는 발인 준비가 되어 있었다. '하늘나라'라고 불리는 화장터로 가는 길은 정말 아름다워서 내가 어디를 향해 가고 있는지를 잊을 지경이었다. 버스가 언덕 모퉁이를 돌아갈 때마다 새로운 설경화가 펼쳐졌다. 하늘은 청명하고 햇살은 눈 위에서 반짝였다.

    흰 국화에 덮여서 형부는 이중문 안으로 들어갔다. 곧이어 그의 이름이 전광판에 떴다. 두 시간쯤 기다려야 한다고 했다. 사진은 찍어 놔야지, 핸드폰을 꺼내 들었다.

컬러사진인데도 흑백사진 같다.

돌아가시기 몇 달 전, 우리 부부는 언니, 형부와 함께 남이섬에 놀러 갔다. 형부가 다정한 성품이지만 평소에 사진 찍는 것은 별로 좋아하지 않았는데 그때는 언니가 하자는 대로 사진을 많이 찍었다. 남이섬에 있는 '겨울 연가' 브로마이드 앞에서도 찍었다. 형부는 곧 이 세상을 떠날 것을 알고 있었던 듯하다.

형부가 납골함에 담겨서 나왔다. 의연하던 언니가 한쪽 무릎이 푹 꺾이며 헉, 소리를 냈다. 얼른 팔을 부축하여 봉안당을 향해 층계를 내려갔다. 납골함을 들고 앞서가는 조카를 향하여, 언니가 조심하라고 손을 저었다. "넘어져서 깨지면 큰일이잖아." 언니가 나를 보고 변명하듯 말했다. 얇은 상복이 휘청거리는 언니의 다리에 휘감겼다. 나는 언니를 부축한 손에 힘을 줬다. 있었던 것이 없어지는 것, 큰 것이 갑자기 작아지는 것, 어제의 그가 겨우 작은 항아리에 들어가 있는 걸 이해하는 것은 남은 자의 몫이다.

언니가 지내야 할 날들이 막막하다. 이제 뭘 하지? 갑자기 늘어난 시간은 미적거리며 널려 있다. 밥이나 먹자. 내가 할 수 있는 게 그거밖에 없다. 밥같이 먹는 거. 자매가 말없이 밥을 퍼먹었다. 나는 언니를 위해, 언니는 나를 위해서.

음력 설날이 가까워져 왔다. 명절에 혼자 있으면 힘들테니까 그때까지라도 언니 곁에 있기로 하고 미국으로 돌아가는 일정을 미뤘다. 먹을거리를 사러 같이 수퍼에 갔다. 주차장 옆에 세탁소가 있다. 맡겨 놓은 형부 옷이 있다고 했다. 세탁소 주인이 옷걸이에 걸린 스웨터를 내주며 아직 잠바는 준비가 안 됐다고 다시 오라 했다. 옷을 입을 사람도 없는데, 또 와야 한다니···. 나 혼자 생각하며 돌아보니 언니는 벌써 빠르게 걸음을 옮기고 있었다. 마치 그 말을 안 들었다는 듯이.

차례를 지낼 것도 아니고, 방문 올 손님도 없으면서 전을 부치고 잡채를 무쳤다.

섣달그믐날 풍경이 가슴 한가운데 펼쳐졌다. 경쾌하게 울리는 어머니의 도마 소리, 온 집안에 퍼지는 기름 냄새, 밤을 치는 아버지와 만두 빚는 할머니. 이미 가신 분들이 돌아와 우리와 함께 했다. 그렇게 먼 것 같은 죽음이 우리

앞에도 놓여 있었던 거다.

설날 아침, 형부가 유난히 좋아했던 소나무, 정원의 그 소나무에는 열흘 전 내린 눈이 그대로 남아 있는데 어디선가 까치가 찾아왔다. 언니는 무심한 듯 창밖을 내다보고 있었다. 형부 보러 가자는 말을 하지 않는 언니에게 내가 어렵사리 말을 꺼내어 함께 납골당으로 향했다. 창밖의 모습은 여전하고 변한 것은 없다. 날씨는 쌀쌀하지만, 하늘은 푸르다. 차를 세울 데가 없어서 언덕 위 주차장에 세우고 한참을 걸었다. 나이 지긋한 사람들, 젊은이들과 어린 이들이 줄을 지어 들고 나는데, 마치 가족들의 나들이를 즐기는 모습이다.

아, 그렇구나. 이렇게 많은 이들이 이미 이 세상을 떠났구나. 잊고 있었다. 언니가 형부를 처음 찾은 날, 그녀의 쓸쓸함은 설날의 인파 속에 묻혀버렸다. 사람의 기억 속에 잡힌 영상은 얼마나 시간이 지나야 희미해지는 걸까? 꽃들이 피어나고, 싱그러운 바람이 푸른 숲을 지날 때쯤이면 조금 나아지겠지. 시간이 빨리 날아갔으면 좋겠다, 는 생각이 들었다.

내가 동생이어서 그랬을까? 언니는 평소처럼 씩씩한 척

을 했다. 형부와의 추억을 잊지 않게 글로 써놓아야겠다고 했다. 컴퓨터 앞에 앉았는데 가만히 있길래, 돌아보니 그녀는 울고 있었다.

큰 집에 혼자 있는 언니를 두고 나는 미국으로 돌아와야 했다. 출국 게이트 앞 큰 유리창 밖으로는 겨울비가 주룩주룩 내리고 있었다. 수묵화 같던, 눈 덮인 풍경이 떠올랐다. 그곳의 눈도 다 녹아내리겠다. 비를 맞고 있는 비행기를 바라보며 언니 생각을 했다. 언니 마음속에 흐르는 겨울비는 언제쯤 그칠 수 있을까. 지금은 무얼 하고 있을까. 점심은 먹었나? 주머니 속의 휴대폰을 만지작거리면서도 난 선뜻 전화하지 못했다. 탑승하려는데 언니의 문자가 왔다.

'잘 가, 나는 잘 해낼 거야.'

자신의 다짐에도 불구하고 그녀는 그다지 잘 해내는 것 같지 않았다. 수저와 젓가락을 한 사람 분만 놓는 게 너무 힘들다고 했다. 주위 사람들은 위로했다. 누구나 다 한 번은 가는 거라고, 그러니 빨리 잊으라고. 언니는 아무 말 없이 밥을 같이 먹어주는 사람이 있으면 좋겠다고 했다. 위궤양이 생겨서 식사를 제대로 하지 못했다. 한밤중에 대상

포진의 고통을 만났다. 너무 무서워 한밤중에 병원을 찾아 나섰다. 큰마음 먹고 형부의 유품을 정리하겠다고 작정했으나 구두만은 끝내 버리지 못했다. 사진을 못 찍겠다고 했다. 입은 웃는데 눈은 울고 있어서라고. 정말 그렇게 보였다.

언니는 그렇게 남은 자의 시간을 견디며 산다. 이제 조금은 편안해진 얼굴을 본다. 사라지지 않는 아픔이라고 하더라도 시간은 우리를 많이 도와준다.

그 후

언니가 묘지를 사겠다고 해서 같이 다녔다. 남편은 풍수지리를 아는 것도 아니면서 장소를 살피며 조언을 했다. 고압선이 위에 있어서 안 좋다, 지형이 답답해 보인다, 하며 퇴짜를 놓았다. 여러 곳을 둘러본 끝에 동쪽 언덕에 있는 묫자리를 보고는 전망이 좋고 시원한 느낌이 든다고 자꾸 권했다. 언니는 앞쪽 언덕에 남동생의 묘가 있으니, 그를 바라볼 수 있는 자리라서 좋다며 그 자리를 구매했다. 그 묘 자리를 썼다면 이미 이 세상 사람이 아닐 터인데 마치 여전히 살아 있는 사람이 할 생각을 한다. 아무리 죽음에 대해 생각하고 준비한다고 해도 우리는 여전히 죽은 상태가 아닌 삶의 연속으로 죽음을 생각한다.

시부모님과 친정 부모님의 장례는 나와 남편이 주관하여 치르게 되었다. 이민 가정으로서는 많은 장례식을 했다. 막상 장례 의식 준비를 하는 동안에는 슬픔도 잠시 유보된다. 장례식에서는 가족 중에 누군가가 조서를 읽는데 고인이 누구냐에 따라 하겠다고 나서는 손자도 다르다. 얼마나 고인과 깊은 정을 나누었는가에 따라서 조사의 내용이 틀리고 자기만의 에피소드를 이야기한다. 하는 말은 다 달라도 그 안에 고인의 성격이나 성품을 나타내는 공통의 느낌이 있다.

내 장례식에서도 조서를 읽겠다고 나설까? 나는 남은 사람들에게 어떻게 기억될까? 그들 사이에서는 어떤 말이 오갈까? 그런 생각을 하며 장례식을 지켜보기도 했다.

나이가 어느 정도 되면 자기 죽음에 대하여 많은 생각을 한다. 죽음의 여러 모습을 그려보며 자신이 가장 원하는 방법으로 이 세상을 떠나길 기원한다. 무엇이든 원하는 대로만 되는 것은 아니어서 내가 모신 친정, 시부모도 각기 다른 모습으로 세상을 떠났다. 갑자기 닥친 죽음에 당황하기도 했고, 죽음을 느끼지도 못하고 가기도 하고, 정말 원하는 대로 죽음을 맞이한 분도 있다. 누구든 태어날 때는 자신의 의지와는 관계없지만 떠날 때는 본인이 원하는 특별한 바람이 있다. 그것이 꼭 이루어지는 건 아니지만 사람들은 여전히 원하는 모습이 있고, 그대로 되기를 기대한다.

친정 부모가 80세를 막 넘겼을 때 나에게 종이 상자를 하나 건네주었다. 겉에는 '천국 가는 길'이라고 쓰여 있었다. 열어보니 두 분의 영정 사진과 어머니가 아끼던 한복, 아버지의 양복과 흰 와이셔츠, 신발과 성경책이 있었다. 일부러 두 분이 나가서 마음먹고 사진을 찍은 듯, 영정 사진 속 표정이 편안했고 나이보다도 젊어 보였다. 나에게 그 상자를 맡기던 두 분의 모습이 아직도 선하다. 할 일을 다 마친 듯한 개운하고도 홀가분해 보였다. 마지막 모습까지 걱정하며 미리 해 놓아야 할 일이 있는 줄을 난 그때 처음 알았다.

이즈음에 나와 남편도 미리 대책을 해야겠다고 여러 서류를 준비하였다. 유언장과 자산 정리를 위한 리빙 트러스트(Living Trust), 그리고 위급시 의료결정권 위임 등을 전문가에게 부탁하였다. 내가 특별히 요구했던 것은 의식이 없거나 위급시에 심폐소생술을 하거나 억지로 살려내지 말고 그냥 떠나게 해달라는 것이었다. 담당 변호사는 내가 원하는 대로 서류는 준비하였으나 실제로 결정권은 내게서 위임을 받은 사람에게 달려있다고 했다. 그때 나는 이미 결정할 능력이 없으니까. 아무리 준비한다고 해도 내 마음대로 된다는 보장은 없다. 남은 사람이 내 뜻을 존중해 주기를 바랄 뿐이다.

죽음이 늘 가까이 있는 것처럼 느껴진다. 남편과도 죽음에 대하여 이야기를 많이 하는 편이다. 장례식 이야기가 나왔을 때 나는 뜨끈한 게 좋아서 화장해도 좋겠다고 했다. 관 속에 들어 있는 게 을씨년스럽게 느껴지기 때문이다. 또 사랑하는 사람은 늘 마음에 살아있는데 군이 무덤이 필요할까 싶기도 하다. 그 말을 들은 남편이 절대 안 된다고 한다. 꼭 매장하겠다고. 그래도 무덤이 있어야 찾아갈 데가 있다고 강변한다. 있을 때 잘하지, 죽은 다음에 찾아갈 데가 없을까 봐 먼저 걱정을 하나? '죽은 다음에도 내 맘대로 못해?'라고 말하려 했으나, 그게 사실이라서 입을 다물었다.

죽음, 그 후에는 자신이 할 수 있는 게 아무것도 없다. 그런데도 마치 살아있는 것처럼 제어하고 싶어 한다. 그나저나 나보다 훨씬 나이가 많은 남편은 꼭 나를 묻어놓고 죽으려나?

5

땡볕
아래서

미국에
정식으로 첫발을 디디는 순간이었다.
동시에 내가 가졌다고 믿었던 것들에 대한
회의와 새로운 세상에 대한 무지함에서 오는
두려움을 극복해야 하는 날들의 시작이었다.
태양의 열기 때문인가, 엘에이를 향하여
다시 트랩을 오르는 나의 입술이 타들어 갔다.
좌충우돌 이민 생활이 시작되었고,
비행기 안에서의 울렁거림과 입이 마르는 듯한 느낌은
그 후 오랫동안 지속되었다.
특별히 이민 초기 일 년 동안은
시계가 멈춰있는 줄 알았다.

– 본문 중에서

땡볕
아래서

혈압계를 찾으려고 캐비닛을 뒤지다가 '1975년'이란 글씨가 금박으로 박힌 한국산 큰 수첩을 발견했다. 수첩을 여니, 첫 장, 맨 위에 '1974년 12월 26일 미국에 도착하다.'라고 씌어 있다. 기록하기 좋아하는 남편이 써 놓은 것이다.

지나간 날들의 기억이 확 밀려든다. 굳이 크리스마스 다음 날 출국을 한 이유는 단지 항공권을 저렴하게 살 수 있다는 이유에서였다.

그날 우리를 배웅하기 위하여 약 30여 명의 가족과 친구들이 김포공항에 나왔다. 그날 찍은 사진 속에는 시어머니만이 곧 눈물을 쏟을 것 같은 표정을 하고 있다. 친구들과 시누이들의 얼굴에서는 헤어지기 섭섭해 하는 표정 위에 설렘의 분위기도 감지된다. 마치 우리가 대단한 출세라도 하는 것처럼.

그즈음에 제주도로 신혼여행 가는 것이 유행이었으나 서해와 남해안을 따라 여행을 했던 나는 미국 올 때 생전 처음 비행기를 탔다. 기내에서 스튜어디스가 종이를 나눠줬다. 입국신고서였다. 영어 단어의 뜻은 대충 알겠는데도 어떻게 적어야 할지 잘 몰랐다. 승무원은 모두 미국인이었는데, 그들에게 물어볼 엄두조차 나지 않았다. 그때, 난 아직도 미국 이민의 준비가 제대로 되지 않았다는 현실적 확인과 함께 두려움이 마음에 일렁이기 시작했다.

연료탱크가 작기 때문이었는지 그 시절에는 엘에이로 직행하는 비행기가 없었다. 하와이에 내려서 입국수속을 하고 다시 비행기를 타야 했다. 비행기가 하와이에 착륙했다. 입국 절차는 하와이에서 밟는다는 것을 알았으면서도 날씨에 관해서는 생각하지 못했다. 한국에서 한겨울에 입던 것보다는 훨씬 가볍게 입고 왔지만, 하와이에서는 땀이 줄줄 흘렀다. 남편은 정장에 바바리코트를, 나는 빨간색 블라우

스에 회색 모직의 판탈롱 바지 정장을 입고, 빨강 하이힐을 신었다. 트랩을 걸어 내려오니 훅하고 더운 기운이 끼쳐왔다. 하와이가 이렇게 더운 곳인 줄 정말 몰랐다. 태양은 뜨거웠다. 트랩 아래로 내려가니 오픈 트램카를 타고 공항 건물까지 가야 한다고 했다. 체격이 건장한 하와이언 여인이 여유롭게 천천히 운전하며 마주치는 사람마다 손을 들어 인사했다.

입국 심사대 앞에는 사람들이 길게 줄 서 있었다. 그때 한국에서 미국에 이민 오는 사람은 모두 흉부 엑스레이 필름을 들고 와야 했다. 우리도 커다란 필름 봉투를 신줏단지같이 들고서 심사관 앞에 섰다. 귀에는 아무 소리도 들리지 않지만, 여권에 도장을 찍어 주는 것을 보고 입국이 허락된 것을 알았다.

미국에 정식으로 첫발을 디디는 순간이었다. 동시에 내가 가졌다고 믿었던 것들에 대한 회의와 새로운 세상에 대한 무지함에서 오는 두려움을 극복해야 하는 날들의 시작이었다. 태양의 열기 때문인가, 엘에이를 향하여 다시 트랩을 오르는 나의 입술이 타들어 갔다.

좌충우돌 이민 생활이 시작되었고, 비행기 안에서의 울

렁거림과 입이 마르는 듯한 느낌은 그 후 오랫동안 지속되었다. 특별히 이민 초기 일 년 동안은 시계가 멈춰있는 줄 알았다. 남편이 운전면허 시험에 합격하기를 기다리고, 내 간호사 시험 결과가 오기를 기다리고, 취직되기를 기다리고, 불안한 기다림의 연속으로 가슴이 타들어 갔다.

미국에 오지 말 걸, 후회의 마음이 일기도 했다. 9월의 어느 주말, 엘에이에서 한국의 날 축제가 있었다. 한국 사람이 많이 모인다고 하여서 나도 엘에이까지 갔다. 남가주에 거주하고 있던 한국 사람 숫자에 비하여 축제의 규모나 내용은 놀랍도록 훌륭했다. 나는 땡볕이 내리쬐는 올림픽 길가에 앉아 퍼레이드가 끝날 때까지 있었다. 내가 떠나온 곳을 생각하면서.

낡은 메모장 위의 '1975년' 표지는 세월이 무색하게도 여전히 반짝인다. 어느새 내 인생의 3분의 2를 미국에서 살았다. '벌써'라고 할 만큼 시간이 빨리 간 것 같다. 한국에 살았더라도 변화하는 세상에 적응하려고 했겠지만, 준비 없이 갑자기 떨어진 것 같은 이곳 미국에서의 생활은 땡볕 아래를 걷는 것 같았다. 그래도 이제는 익숙함이 있어서 태양이 여전히 뜨겁다는 것을 가끔은 잊는다.

더 웨이브,
그곳에 내가 왔다

더 웨이브(The Wave), 그곳에 내가 왔다.

흰색과 주황색의 아름다운 물결무늬가 따로, 때로는 나란히 함께 어우러져 눈앞에 펼쳐진다. 크고 작은 물결이 발밑에서 하늘까지 이어진다. 바위 위에 환상적 색들이 부드럽게 줄무늬를 이룬 모습은 보고 있어도 믿기 어려울 정도로 신비롭기만 하다.

친구가 들뜬 목소리로 그곳에 같이 가자고 했을 때 나는 '더 웨이브'가 어떤 곳인지 어디에 있는지도 잘 몰랐다. 웨이브는 유타 주의 카납에서 약 40마일 떨어져 있다. 주라기

시대에 나바호 사암(砂巖, Sandstone)에 물이 소용돌이치고 내려가 U자 모양으로 침식된 것이 서로 교차하여 만들어진 곳이다. 그 후 계속 사막의 모래바람이 불어와 깎아내기도 하고, 머물기도 하면서 아름다운 물결 모양을 만들었다.

국토관리소에서는 자연 그대로 보호하기 위하여 하루에 스무 명만의 방문을 허용한다고 한다. 출입허가 4개월 전에 인터넷 신청을 받아 뽑은 열 명과 하루 전날 카납 사무실에서 로터리 추첨을 하여 다시 열 명을 뽑는다. 출입허가증을 받느라 수고한 친구 덕에 나는 무임승차하는 행운을 얻었다.

여자 셋이 길을 떠났다. 한국에서 온 중년의 여인과 미국에 사는 동갑의 두 여자, 사십 년도 넘은 오랜 친구 사이다. 강한 호기심과 모험심을 실천하며 즐기는 친구들과 함께하는 여행길은 설레면서도 마음 든든하다.

자이언국립공원 안 숙소에서 하루를 묵고 떠나는 아침, 그늘도 없는 곳에서 왕복 6마일을 걸을 생각을 하니 슬그머니 겁이 났다. 웨이브 안내지도를 얻으려고 안내소 사무실에 들렀는데 다음날 웨이브에 갈 사람들의 추첨이 막 끝난 참이었다. 열 명을 뽑는데 어떤 때는 이백 명이 오기도 한

다고 한다. 겨울이어선지 오늘은 그렇게 많은 사람이 오지
는 않았다.

사진과 안내 글만 있는, 생명줄 같은 보물 지도를 받아서
코요테 봉우리 웨이브(The Wave of Coyote Buttes)로 향했
다. 겨울인데도 날씨가 좋아서 비포장도로 8마일을 큰 어
려움 없이 운전해 들어갈 수 있었다. 유타 주에 있는 주차
장에 차를 세우고 애리조나 주에 있는 웨이브를 향해 허가
증 붙인 가방을 메고 걷기 시작하였다. 정해진 트레일도,
간판이나 방향을 알려주는 표시판 하나 없이 오직 지도 위
의 사진과 실제 지형을 대조해 가면서 길을 찾아야 한다.
해낼 수 있을까? 예전에도 이런 자리에 서 있었던 것 같다.
가는 길을 알지 못하고 내디딘 미국에서의 첫걸음, 짐작할
수 없는 미래를 향하여 불안하게 발을 떼어 놓던 날들의
기억이 되살아난다. 이 길은 어쩌면 내 이민 여정과 닮았으
리라는 예감이 든다.

처음에는 그나마 먼저 간 사람들의 발자국을 따라갔는데
바위를 지나고 점점 더 나아가니 길 찾기가 어려워졌다.
설명서를 보면 쌍둥이 봉우리를 오른쪽으로 돌아가라고 했
는데 둘러보니 여기도 저기도 쌍둥이 봉우리가 한둘이 아

니었다. 이곳까지 왔다가 목적지를 찾지 못하고 헤매다가 그냥 돌아간 사람들이 많다고 한다. 어떤 사람들은 완전히 길을 잃어 구조대의 도움 끝에 빠져나온 사람도 있다고 했다.

셋이서 머리를 맞대고 의논한 끝에 먼 산의 가운데에 난 계곡을 방향타로 삼기로 하였다. 바위 언덕을 지나면 발이 빠지는 모래밭, 또다시 언덕 아래로 모래뿐인 마른 강바닥, 그렇게 영 끝날 것 같지 않은 유난히 멀고도 먼 3마일을 걸었다. 끝에 다다른 가파른 모래 언덕을 힘겹게 오르고 나니 갑자기 눈앞에 모래바위 물결이 일렁인다.

마치 싸리 빗자루로 쓸어 놓은 것 같은 물결무늬가 가파른 언덕을 내려갔다가 다시 반대쪽 언덕을 오른다. 동서의 골이 남북의 골을 만나서 기묘한 모습을 만든다. 단지 물과 바람과 모래의 힘이라기에는 너무나 오묘하고도 정교하다. 해가 조금씩 자리를 바꾸어 앉을 때마다 물결은 다른 색의 옷으로 바꿔 입고 새로운 모습을 보인다. 무늬도 다양하다. 빗살무늬뿐 아니라 꽃무늬도 선명하다. 아프지만 아름답게 삭힌 세월의 흔적이 쌓여있다.

거대한 물살 같은 풍파가 깊은 골을 만들고 굽이치며 지나갔어도, 모래바람이 세차게 불었어도 그뿐, 나는 아직도 얼룩지고 뭉뚝한 단단한 바위로 깎일 줄 모르고 서 있다. 바람에게 나 자신을 내놓아 준다면, 더 깎이고 다듬어진다면, 나에게도 아름다운 무늬가 새겨질까. 이곳에선 차마 나를 넣은 사진을 찍지 못하겠다.

의당 돌아오는 길은 쉬우리라 짐작했으나, 가면서 보던 모습과 되돌아오면서 보는 모습은 너무나 달랐다. 보는 각도가 조금만 변해도 전혀 다른 풍경이 된다. 앞만 보고 허둥지둥 걷지 말고 가끔 뒤돌아볼 걸 그랬다. 어느새 비경은 모래 언덕 뒤로 그 모습을 숨기고 사라졌다.

꿈같던 모래바위 물결이 아직도 내 안에서 흔들리는가. 문득 작은 모래알이 되어 바람을 타고 물결을 타며 그곳에 머물고 싶다는 생각을 한다.

기억은
기억하는대로

　　캐나다의 루이스 호수는 아름답기로 유명하다. 여행을 다닌 곳 중에서 내가 제일 잊지 못하고 좋아하는 곳이다. 20여 년 전 처음 그 호수 앞에 섰을 때의 감동을 잊을 수 없다. 꼼짝할 수 없었다. 충격이었다. 그 안으로 걸어 들어가면 좋겠다, 이대로 죽어도 좋겠다 하는 마음이었다. 5월의 마지막 주말이었고, 꽤 늦은 오후였다. 시선이 가는 저 먼 곳, 눈을 껴안은 높은 산은 그 몸을 반쯤 어스름 푸른 빛이 도는 호수 위에 눕히고 있었다. 앞의 낮은 산들이 양옆에 늘어서 큰 산을 호위하며 물 위에 그림을 그렸다. 호수 위 음영에 따라 무채색 보석이 제각각 다른 채도로 빛을 내고 있었다. 호수 속으로 걸어 들어간다면 눈 덮인 산에 도착할 수 있을 것같이 길이 보였다.

호수 위로 보이는 듯, 사라지는 듯하며 가는 눈발이 조용히 날렸다. 서서히 어둠이 내리는 그곳에서 나도 잠시 그 일부가 되었다. 적막한 스산함, 매혹적인 싸늘함, 호수가 주는 그 느낌이 너무 강렬하여 여행을 다녀온 뒤에도 나도 모르게 여러 사람에게 그때의 감동을 전해서인지 주위의 많은 사람이 그 이야기를 오래 기억하고 있었다.

다시 그곳을 찾게 됐다. 오랜만이지만 여전히 기억이 생생하여 몹시 설렜다. 호숫가를 오래 지켜보고 싶어서 숙소도 아주 가까운 곳으로 잡았다.

호숫가 근처로 나가니 우선 보이는 것이 커다란 주차장, 사람들이 우르르 몰려다니고 있었다. 저녁이 되기를 기다렸다가 다시 찾은 그곳에는 여전히 많은 사람이 있었다. 엉키는 발걸음이 수선스러웠다. 서로 다른 언어들이 공중에서 부딪히며 큰 소리를 내고 있었다. 빨간 카누들이 물 위를 미끄러져 가고 있었다. 쉬지 못하는 호수는 피곤해 보였다. 높은 산, 깊은 계곡에서 내리는 기운을 받아 안았다가 다시 들어올리는 힘이 보이지 않았다. 외면하고 싶은 마음에 서둘러 그곳을 떠났다.

다음 날 아침, 다시 호수를 보러 나갔다. 새벽부터 몰려든 사람과 관광버스가 계속해서 쏟아낸 사람들로 북새통이었다. 순간 호수가 지난밤 잠들지 못했다는 생각이 들었다. 어디론가 숨고 싶었다. 호수 가운데로 나가면 숨을 쉴 것 같았다. 카누가 놓여 있는 쪽으로 갔다. 카누는 한 번도 타보지 않았지만 걱정되지도 않았다. 보트 타는 걸 도와주는 청년은 우리를 보더니 불안한 모양이다. "노 젓는 법을 가르쳐 줄까?" 한다.

노 젓는 배를 탄 것은 내 일생에 두 번째다. 첫 번째는 창경궁 연못에서였다. 남편과 결혼하기 전이었다. 데이트하다가 갑자기 그가 배를 타자고 했다. 우리 아버지는 어려서 자전거를 타다 넘어져 수술 받은 적이 있다. 그 후로 조금이라도 위험한 일은 하지 않았다. 한여름이라도 식구들을 데리고 우이동 계곡에서 발을 담그는 정도였다.

한 번도 배를 타보지 못한 나는 내심 두려우면서도 설렜다. 마주 보고 앉은 작은 목선에서 젊은 시절의 남편은 힘차고 자신감이 넘쳤다. 그의 노 젓는 모습에, 이 남자와 결혼해도 좋겠구나, 생각이 들었다. 오늘, 나는 배 선미에 앉아 앞만 보고 나간다. 예전 같지 않고 두렵다. 뒤에 앉은 남편이 방향을 조정한다는데, 뒤돌아볼 수가 없다. 조금만 고개를 틀어도 내 무게 때문에 배가 흔들린다. 그냥 한 쪽만 저으라고 남편이 뒤에서 말한다. 그래도 불안하여 노를 오른쪽 왼쪽으로 바꿔가며 힘을 쓰는 데 배는 갈지자로 간다.

어느 새 호수 안으로 꽤 많이 들어왔다. 물결은 잠잠하고 설산은 눈앞에 있다. 노를 놓고 가만히 있으니 물결에 배가 가볍게 흔들린다. 머리가 맑아진다. 나는 지금 무슨 생각으로 무얼 하고 있나, 번뜩 머리를 치는 게 있었다. 결국에는 나 역시 호수를 괴롭히는 무리에 끼어들었음을 깨닫는다. 물 위에 떠다니며 휘젓기까지 했다.

겨우 보트 선창(Dock)에 도착하여 내리니 다리도 후들거리고, 팔도 아프다. 호숫가에는 여전히 많은 사람들로 복작거린다. 남편이 앞서 걷고 있다. 내려앉은 어깨가 구부정하고 뒷머리의 머리카락도 엉성하다.

자신 있게 노를 젓던 남자는 어디로 갔나? 창경궁 연못의 목선 위에 앉아서 젊은 남자를 바라보던 나도 이제는 없다. 내가 아는 그 호수는 마음속에만 있다. 사람이 변하고 세상이 변하니 호숫가 풍경이 변하는 것도 어쩔 수 없나 보다.

　기억하는 것을 그대로 기억하기, 가슴이 알고 있는 그대로 간직하기, 이것이 내가 변함없이 잊지 말아야 할 일인가 보다

가치의
재발견

미국 서부에서 동부까지 자동차 대륙을 횡단하는 여행을 했다. 마음은 늘 있었으나 생각처럼 쉬운 일은 아니어서 그동안 선뜻 나서지 못했었다. 인터넷에서 많은 정보를 얻을 수 있고 스마트폰이 요긴하게 제 역할을 잘해 주기는 하지만 그래도 불안했다.

마침 동부에 사는 친구가 서부에 들렀다가 집에 가는 길이어서 그 뒤를 따라가기로 했다. 인터넷을 뒤져서 흥미 있는 곳을 몇 군데 뽑았는데 정해진 시간 안에 돌아와야 하는 일정에서 갈 곳은 많고 보고 싶은 것도 넘쳤다.

중서부를 지나면서부터는 봄이 완연했다. 나무들은 대지를 적시는 비를 맞아 새잎을 내고 꽃을 피우며 살아 움직이고 있었다. 가는 곳마다 막 싹터 오르는 연둣빛 이파리가 청명한 하늘 아래 그 모습이 더욱 살아났다. 나무 뒤에서 햇살이 비치면 잎들은 빛났다. 가지 뒤로 어른거리는 그림자도 가볍게 흔들린다. 눈이 편안해지면서 느껴지는 만족함이 좋았다. 안개가 낀 듯 청명치 못하던 머릿속이 맑아지고, 메마른 나무가 물을 빨아들이듯이 나의 몸이 살아남을 느꼈다. 그 기분을 머릿속에, 마음속에 담아두고 싶어서 나는 창밖의 풍경에서 눈을 떼지 않았다.

여행 중에 예상치 못한 경우를 만나기도 했다.

친구의 남편이 인디언 유적지에서 사다리를 타고 굴로 올라가 안을 둘러보던 중 무심코 허리를 펴 일어서다가 머리를 천정에 받치고 말았다. 모자를 썼으나 피부가 찢어져서 피가 많이 나왔다. 긴급 센터(Urgent center)를 찾아가서 스테이플을 일곱 개 정도 박았다.

산타페에서는 꼭 가고 싶었던 뮤지엄이 내부 수리 일정과 겹쳐서 들어가지 못했다. 그 후로도 일정에 차질이 생겨서 보고 싶던 국립 유적지를 못 보고 지나쳐야 했다. 그러나 늘 보아오던 곳을 떠나서는 길에서 만나는 모든 낯선 것들이 나를 흥분케 했다.

아, 좋다, 정말 좋다. 오기를 잘했어. 나는 감탄사를 쏟아 놓았다. 켄터키의 시골길에서 투명하게 빛나는 나뭇잎들이 내 마음을 흔들어 놓으며 잠자고 있던 내 감성이 기지개를 켜며 일어섰다. 늘 밭은 숨을 쉬고 있는 것 같던 호흡이 길어지며 편안한 숨을 내쉬었다.

여행은 여행지가 아무리 좋은 곳이어도 살 작정이 아닌 바에야 떠났던 곳으로 돌아와야 한다.

되돌아오는 길, 네바다를 지나 캘리포니아로 들어서면서 익숙한 풍광이 눈에 들어왔다. 건조하고 뜨거운 기운, 나무 하나 없는 황량한 산. 분명 익숙한 지형인데도 다르게 보인다. 햇빛의 방향 때문인가, 보라색, 담청색의 산들이 새삼 눈에 들어온다. 여기가 이런 모습이었나, 신비로운 기운이 섬광처럼 나를 때린다. 아, 새삼스럽게 감탄이 나왔다. 그동안 무엇이 변했나. 나는 먼 곳에서 온 이방인이 되어 산야를 바라본다. 봄이면 늘 푸른 잎으로 덮인 들판을 보면서 시간을 느끼고 살았다면 특별한 이곳 풍경에 감탄했을 거라는 생각이 든다. 언제나 내게 없는 것이 부럽고 좋아 보이는 거니까. 내가 즐겼던 동부의 경치는 그곳 사람들에게는 일상이어서 별 감흥 없이 또다시 봄이 왔군, 하는 정도가 아닐까.

사람들은 자기가 사는 곳의 풍토에 적응하며 조금씩 그 땅을 닮아간다. 뜨겁고 건조한 열기에 지치기도 하지만, 그래서 더 강하고 단단해진 모습으로 두 발로 서있게 된다, 그 안에서 내가 한 몸인 걸 느낀다.

먼 길을 다녀와서 얻은 것은 새로운 시각이며, 내 옆에 있는 것의 가치 재발견이다. 그것이 풍경일 수도 사람일 수도 있겠다. 옆에 있는 것에, 내가 이미 가지고 있는 것에 만족하며 살기 위하여 나는 길을 떠나야 하나 보다. 주위에 있는 사람도 잠시 떨어져 있다 보면 그의 가치를 재발견할 수 있는 것처럼 말이다.

구름은
들고나고

    길게 드리운 회색 커튼 아랫자락이 살짝 들려있다. 그 사이로 부드러운 청잣빛이 스며들어오고 있다. 점점 더 커튼을 들어 올릴 기세다. 오늘 아침 서쪽 하늘에 떠 있는 구름 모습이다. 나는 매일 구름을 쳐다본다. 차를 타고 있을 때는 물론이고 걸을 때도 하늘과 구름을 열심히 본다.

    구름에 관심을 두고 보기 시작한 것은 한 번 구름 속에 갇혀 있었을 때부터다. 구름 속이라기보다는 구름이 만들어 내는 눈 때문에 길에서 발이 묶였다. 그때 우리는 여행 중이었다. 오월 말, 샌프란시스코에서 리노 쪽으로 넘어가면서 식당에서 늦은 점심을 먹고 나오니 밖에는 부슬비가 내리고 있었다. 그 지역에 대하여 잘 알지 못해서 불안했으나 하이웨이로만 가는데 별일 있으랴 하고는 예정대로 떠났다.

삼십 분가량 달렸을 즈음, 눈이 내리기 시작하였다. 남편은 눈길에 운전하는 걸 질색하는 사람이다. 예전에 한국에서 길이 미끄러운데 운전하다가 사고가 있었기 때문이다. 어쩔까 하다가 도로에 차들이 이렇게 많은 데 천천히 가면 되지 뭐, 계속 운전해 나갔다. 돌아갈 수도 없는 지경이었다. 다행히도 길옆에서 체인을 파는 사람이 있었다. 타이어에 체인을 걸으니 안심이 되었다. 또 눈이 많이 오고 있으니 차들이 모두 서행했다.

앞차의 뒤만 보고 가다보니 밤늦은 시간인데도 아주 밝다는 느낌이 들었다. 희뜩희뜩 눈이 내리는데 밤의 구름이 그렇게 밝을 수 있다는 것을 처음 알았다. 어두워지지 않는 하늘이 눈을 하늘에서 땅까지 껴안고 있었다. 눈 내리는 그 위에 뽀얀 장막이 쳐져 있는 듯 마치 솜이불을 덮고 있는 것 같이 안온했다. 마음 깊은 곳에 잔잔한 평안함이 찾아왔나. 그렇게 먼 것 같기만 하넌, 그러나 막상 가까웠던 길을 넘어와서 눈이 멈춘 곳에 왔을 때 남편은 큰 한숨을 내쉬고는 서둘러 체인을 풀었다. 긴장과 초조에서 해방되어 가벼운 흥분으로 들떠있는 남편과 달리 나는 어쩐지 서운했다. 그 특별했던 느낌이 너무 쉽게 사라진 것 같아서 구름 없는 어두운 하늘만 쳐다봤다.

그 후로 하늘과 구름을 자주 쳐다보기 시작했다. 수시로 변하는 구름을 보면, 장거리 여행 운전도 지루하지 않다. 마음속에 많은 이미지가 떠오른다. 구름이 만들지 못하는 형상은 없다.

한번은 유타주의 메마른 길 위에서였다. 왕관을 머리에 얹고 비스듬히 앉은 여인의 모습이 공중에 떠 있었다. 새파란 하늘 배경으로 더 선명했다. 혼자 흥분하여 환호했다. 어쩌면 들뜬 내 마음이 그런 그림을 그렸는지도 모른다. 푸르스름하게 여명을 알려주는 새벽 구름이나 석양에 황금빛으로 빛나는 노을을 볼 때면 이 지구 위에 오래 살고 싶어진다.

구름은 스르르 모여들어서 큰 에너지를 생성하여 피어오른다. 그러다가는 슬그머니 흩어지고 눈앞에서 사라지기도 한다. 분명 있기는 한데 그 모습을 감추어버린다. 자유롭기가 그지없다. 흘러가다가 쉬기도 한다. 산 위에 머물러 그림자를 만들어 주기도 하고, 거울같이 맑은 호수에는 자신의 모습을 물끄러미 바라보기도 한다. 어쩌다 몸집이 커지면 마치 욕심과 그리움을 내려놓듯이 눈이 되고 비가 되어 쏟아져 내린다.

하늘은 사람의 마음 바탕이고 구름은 들고나고 흐르는 감정과 같다는 생각이 든다. 구름은 분명히 있되 손으로 잡을 수는 없다. 감정도 고였다가 흐르지만 잡아두기 어렵다. 구름이 만드는 형상보다도 사람들이 만들어 내는 감정과 느낌은 더 많은지도 모른다. 구름은 그 머무는 곳의 하늘과 땅을 닮는다. 구름이 맑은 곳엔 하늘도 깊고 푸르다.

내가 사는 곳에서는 깊은 하늘은 자주 볼 수 없어도 혼잡하지 않은 곳에서는 '하늘'이 보인다. 구름 너머 하늘 위의 하늘을 볼 수 있다. 희고 맑은 구름을 보고 있으면 마음이 가볍고 홀가분해진다. 마음이 맑으면 흐르는 감정과 느낌도 밝고 티가 없다. 들고나는 구름에 따라 오늘도 내 생각과 마음이 같이 움직인다.

구름이 유난히 맑은 곳으로 여행을 떠나고 싶다.

열기가
올라오면

  그 더운 여름에 우리는 왜 어린 애들까지 데리고 그곳에 갔을까. 모처럼 찾아온 연휴였다. 미국 독립기념일인 7월 4일이 마침 월요일이어서 금요일 오후에 떠나면 월요일까지 3박 4일 간 여행은 충분히 할 수 있다. 캘리포니아에 있는 호숫가의 캠핑은 많이 하였으니 이번에는 조금 멀리 가고 싶었다. 그런데 한여름에 온 식구가 그곳에 캠핑하러 가겠다고 여행을 계획한 건 나의 실수였다.

  1980년대 초, 그때 아들은 일곱 살, 딸은 세 살이었다.

  금요일에 일찍 퇴근한 남편은 캠핑 도구를 차에 실었다.

나는 한식을 챙겼다. 목적지는 네바다주의 레이크 미드. 잠자리가 불편하다고 캠핑을 싫어하는 시어머니도 작은 가방을 들고 나오셨다. 사나흘을 혼자 집에 있기에는 너무 적적하고 무료하다고 생각하셨을 것이다.

날씨는 무더웠고, 도시를 탈출하려는 차들로 고속도로는 붐비었으나 여행길에 나선 우리는 설레기만 했다. 사막을 달리고 달려 드디어 캠프장에 도착했을 때 이미 날이 저물었다.

먼 길을 무사히 왔다는 안도감도 잠시, 차에서 내리자마자 뜨거운 열기가 훅 달려들었다. 한증막이 이런 것일까, 숨쉬기조차 어려웠다. 처음 경험하는 뜨거운 공기에 머리도 작동을 멈춘 듯했다. 불안해지기 시작했다. 낭패한 기색이 역력한 남편이 도저히 견디기가 어려우니 곧바로 떠나자고 했다. 그러나 나는 되돌아가고 싶지 않았다. 한여름 사막의 날씨를 미리 알아보지 않은 게 후회가 되기는 했지만, 곧 괜찮아질 거라고 자신을 스스로 안심시켰다. 무엇보다 시간이 너무 늦었고 피곤했다. 밤이 깊어지면 서늘해질 거라고 남편을 설득했고 짐을 풀었다.

늦은 밤이 되었는데도 기온은 내려가지 않고 오히려 점

점 더 숨이 막혔다. 사막에서는 온종일 더운 기운을 받아들였던 대지가 해가 지면 밤새도록 그 열기를 뱉어 놓는 줄을 나는 몰랐다. 대지가 뜨거운 숨을 내쉬니 연무 같은 것이 땅에서 피어올랐다. 그 기운이 희뿌옇게 퍼지며 어둠도 몰아냈다. 마치 목화솜 같은 열의 기류가 땅 위에서 흐느적거리다가 앉아있는 우리의 어깨를, 몸을 휘감고 내려앉았다.

어린 딸아이가 열사병이라도 걸릴까 봐 걱정되어 수건에 물을 묻혀 자꾸 닦아 주었다. "아이고, 울아 죽겄네!" 하는 시어머니의 둔탁한 말씀이 아니더라도 내 속은 타들어 가고 있었다. 무릎까지 차 올라온 열기의 늪에서 조금이라도 떨어지게 하고 싶어서 애를 안고 밤늦도록 서 있었다. 캠프 장을 선택한 것도 나의 결정이요, 밤늦게라도 떠나보자는 남편의 말에 반대한 것도 나였지만 공연히 화가 나서 속이 답답하고 열이 났다. 시각이 언제였는지, 아이는 언제 잠들었는지, 나도 모르게 쓰러지다시피 자리에 누웠다.

아침이 왔다. 지난밤보다는 훨씬 덜 더운 아침이었다. 땅의 열기가 가라앉듯이 내 마음속 열기도 많이 내려갔다. 우리는 아침을 먹자마자 덜 더운 곳을 향하여 그곳을 떠났다.

가끔씩 사람과 사람 사이에서도 열기가 오른다. 날카로운 말들이 서로 부딪히면 작은 불똥이 생긴다. 그것이 떨어지는 곳에서 불이 시작된다. 때마침 불어오는 바람을 따라 걷잡을 수 없이 퍼지며 큰 불길이 되어 타오른다. 낯익은 얼굴에서조차도 견디기 어려운 열기가 퍼진다.

사막의 열기보다도 더 뜨거운 열기가 사람의 무리 안에서 피어오른다. 뜨거운 곳은 되도록 피해 다니려 하지만 성급한 마음에 내놓은 말 한마디 때문에 예기치 않게 그 안에 갇혀버린다. 그 열기 안, 포기할 수도 돌아설 수도 없는 곳에서 엉거주춤 서 있게 된다. 내 안에 껴안고 있는 것들이 소중하여 아무리 무거워도 내려놓을 수가 없다. 예전에 내가 아이를 안고 밤늦도록 서성이던 것처럼.

그럴 때면 그 호숫가의 뜨거웠던 밤을 생각한다. 견디자, 견디면 내일은 조금 나아지겠지, 잠을 청한다. 그리고 실제로 하룻밤을 참고 지나면 열기도 내리고 머리는 차가워진다. 모든 게 다 조금씩 달라져 있다.

단풍을
닮았어

    호호 하하, 웃음이 끊임없이 이어진다. 소리만 들어서는 나이를 가늠할 수 없다. 졸업 45주년기념으로 친구들과 캐나다를 여행 중이다. 25주년 행사 이래로 5년마다 만나서 기념행사를 하고 여행도 함께한다. 이번에는 뉴욕에서 모임을 주관했다. 한국, 엘에이, 시카고, 텍사스 그리고 멀리 뉴질랜드에 사는 서른다섯 명이 뉴욕으로 날아들었다. 치매이신 시어머님을 돌보다가, 손자를 봐주다가, 남편을 보좌하다가, 봉사활동을 하다가, 그렇게 하던 일을 잠시 내려놓고서 모였다.

첫날 저녁, 공식 행사 후에 친구들의 멋진 음악과 댄스공연이 있었다. 전공과는 전혀 다른 분야에서 높은 수준을 보며 그동안의 노력과 열정에 많은 박수를 보냈다. 정성껏 준비한 선물도 교환하며, 무엇보다도 오랜만의 만남이 설레고 흥분되어서 이야기가 밤늦도록 계속되었다. 다음 날 아침, 8박9일의 여행길에 올랐다. 동창 35명에 남편분 5명이 합세하여 모두 40명이 떠났다. 천섬을 돌아보고 몽트랑블랑(Mont Treblanc)에 갔다가 몬트리올, 캐년 세인트 앤과 퀘벡을 들러 워싱턴 산(Mt. Washington)을 들렀다 오는 일정이다.

어려서부터의 친구들은 나이가 들어도, 아무리 오랜만에 만나도 변함이 없다. 만나는 순간 바로 그 시절의 나로 돌아간다. 마음속 깊은 곳의 순수와 싱싱함이 살아난다. 까르르 웃는 웃음소리도, 지난날 그대로다. 우리 학급은 특별하다. 선생님마다 그런 말씀을 하셨다. 극성이라는 말일 수도 있고 독특하게 개성이 있다는 말로도 들렸다. 우리 대부분은 6·25전쟁부터 1·4후퇴로 이어지는 기간에 태어났다. 친구 누군가가 아마 우리가 태어나서 부모님은 전쟁의 공포에서 조금은 근심을 잊을 수 있었을 것이라고 말했다.

그러나 우리는 피난을 가야 했던 대부분 부모에게 고통의 존재이기도 했을 터였다. 우리는 태중에서부터 아니면 이 세상에 태어나서부터 세상이 녹록지 않다는 것을 감지하지 않았을까. 총체적으로 어려운 시기에 태어나서도 살아남은 사람(Survivor)이다.

버스로 이동 중에는 이야기꽃이 피었다. 그러다가 서로의 권유로 한 명씩 마이크를 잡기 시작했다. 살아온 이야기, 또는 지금 살아가는 이야기를 했다. 꽃길만 걸었을 것 같은 친구가 때로는 가시에 찔리기도 하고 거친 잡초 위를 걸어갈 때도 있었다. 뜨거운 자갈밭을 걷던 친구에게도 가끔 시원하고 평평한 길이 나타나 주기도 했다. 그러면서 모두 삶을 지나가는 법을 배웠던 것 같다. 잘 걷는 법을. 5년 전보다 더욱 성숙해 보이는 것은 나이 들어가면서 일에서 은퇴하는 것처럼 모든 욕심과 이기심에서도 은퇴한 것 같다. 담담하고 겸손하게 지나온 길을 이야기하지만, 자신에게는 부끄럼 없이 당당했다. 서로에게 깊이 공감할 수 있다는 것은 축복이다. 공감하는 기쁨, 공감 받는다는 느낌은 행복이다.

캐나다의 가을은 아름답다. 단풍이 그렇게 투명하게 물

들 수 있다는 것을 처음 알았다. 잎이 바짝 말라가며 색이 변하는 것이 아니라 물기 머금은 부드러운 잎으로 자신을 물들인다. 노랗고도 붉고 투명한, 무어라 표현하기 어려운 의상을 자랑스럽게 입고 있는 나뭇가지 사이로 햇빛이 기웃거린다. 그 모습을 가만히 보고 있으면 입에서는 감탄이 사라지고 대신 가슴에 엷은 안개가 차오른다. 마치 눈물이 날 것처럼. 가지 사이로 흐르는 가을의 숨결이 단풍잎을 가볍게 흔들고 친구들의 이마 위로 내린다. 가볍게 머리를 흔드는 그들은 풍경과 하나가 된다 .

　이렇게 꿈꾸는 듯한 시간이 지나면 다들 제자리로 돌아가게 된다. 손자를 돌보고, 병환 중인 식구를 간호하기도 하고, 여전히 잡다하게 놓여있는 일들을 처리하는 일상이 그들 앞에 놓여있다. 밤마다 잠자리에 들면 피곤하여 쑤셔 오는 몸이 이제는 젊지 않다는 것을 일깨워 준다. 쉽게 잠들지 못하는 밤이면 캐나다의 단풍과 스스럼없이 자신을 드러낼 수 있는 친구들과 함께한 기억이 떠오르겠지. 단풍보다 더 아름다운 시간이었음에 감사하며 새로운 아침을 맞을 기운을 얻을 것이다.

석양을 마주한
황혼

 워싱턴주에 있는 마운틴 레이니어(Mt. Rainier) 국립공원에 갔다가 오리건 비치가를 따라 내려오는 길이었다. 호텔에서 체크인을 하려고 보니 사용하려던 신용카드가 없었다. 당황했으나 다른 카드로 부랴부랴 지불하고 방에 들었다. 가방을 몇 번씩 뒤지고 차를 샅샅이 봤으나 카드는 찾을 수가 없었다. 아침부터 한 일을 곰곰이 생각해 봤다. 주립공원의 무인계산대에서 입장료를 내고 나서 떨어뜨린 것 같다는 결론이 내려졌다. 정신을 차리고 급한 대로 카드 회사에 전화해서 카드 정지를 요청했다. 긴장이 풀렸는지 피곤함이 몰려와서 소파에 주저앉았다. 시야에 들어온 서쪽 창문이 붉게 물들고 있었다. 해가 지려 했다. 바닷가 석양을 보고 싶어서 서둘러 밖으로 나왔다.

호텔을 예약할 때, 고객 평가는 좋았으나 올려진 사진이 별로 멋지지 않아서 크게 기대하지는 않았다. 그러나 호텔 뒤로 돌아 나오니, 예상 외로 넓은 백사장이 눈앞에 펼쳐졌다. 그 모습에 끌려 나도 모르게 석양을 바라보며 바다 쪽으로 걸어갔다. 상업적인 개발을 하지 않은 해변은 파도 소리마저 조용했다. 흙색에 가까운 모래는 힘이 있어 보였다. 미처 되돌아가지 못한 바닷물이 모래 위에 군데군데 앉아있다. 물 위를 가만히 스쳐지나 온 부드러운 바람이 모래 위에서 쉬고 있는 물을 흔든다. 태고로부터 지금까지 같은 모습인 것만 같다.

물기 머금은 공기가 가슴속 깊이 스며든다. 내 숨은 깊은 편이 아니어서 그런지 유난히 공기에 예민하다. 숲속에서 숨을 쉬면 내 온몸이 환희의 함성을 지른다. 바닷가의 부드러운 공기를 마시면 폐가 편안하다고 알려온다. 해는 바다와 하늘을 주황색으로 물들이며 기울어가는 기운으로 버티고 있었다. 해와 바다와 하늘과 구름과 백사장의 완벽한

조화였다. 주위에는 아무 소리가 없었다. 모두 말없이 바다를, 석양을 바라보고 있었다.

서둘러 스마트 폰을 꺼냈다. 나는 사진을 많이 찍지 않는 편이다. 멋지게 잘 찍지도 못하지만, 사진을 많이 찍다 보면 놓치는 게 있어서다. 렌즈를 통해서 아름다움을 보기보다는 실제를 눈으로 더 오래 보고 느끼고 싶어 한다. 그러나 이 모습은 꼭 잡아두고 싶었다.

점점 색이 짙어지며 아래로 잠기고 있는 석양을 보며 셔터를 누르는데 화면 속으로 누가 들어왔다. 노부부다. 같이 손을 잡고 바닷가로 걸어가는 뒷모습이 보였다. 내 카메라에는 그들이 계속 따라 들어왔다. 석양을 바라보며 그들은 뒤로 팔을 내밀어 서로의 허리를 감싸고 있었다. 태양은 뜨거움을 걷어내어 식어가는 몸을 바다 속에 잠그고 있는데, 그들은 무심하게 바다를 바라보고 있다. 가벼워 보이는 햇살처럼 그들의 뒷모습도 홀가분해 보인다. 깊은 다정함이 스며있다. 인생을 충분히 견디며 살아내고, 이제 정말 사랑이라는 것을 아는 사람들이라고 그 뒷모습이 말해줬다. 스러지기 전에 남은 빛을 하늘로 바다로 보내주는 태양도 아련하고, 삶의 마지막 남은 시간을 사랑으로 밝히는 사람들도 애틋하다. 태양은 빠르게 잠기고 노부부는 검은 실루엣으로 남는다. 7월의 강렬했던 태양도 사라질 때는 한순간이었다. 내일 태양은 또 다시 뜨고, 사람은 바뀌지만, 순간은 영원히 살아남는다.

집으로 오는 길, 차 안에서도 그 바닷가, 내 전화기 속 그 부부의 모습을 다시 들여다본다. 태양이 완벽하게 만들어준 배경에 한데 어울려진 노부부, 마치 사진에서 향기가 나는 것 같다. 쉽게 만들 수 없는 은은한 향기. 두고두고 간직하고 싶다.

여행을 하다 보면 때로는 성가신 일이 생기기도 하고 예상 못한 불편함을 겪기도 한다. 그럼에도 사는 곳을 떠나보는 것은 참 좋은 일이다. 바람에 묻어있는 공기가 다르고, 다양한 삶의 모습을 바라본다. 눈이 떠지고 마음이 열려 미처 모르고 지나가던 것을 새삼 깨닫게 해준다. 오리건 주의 바닷가가 아직 옛 모습 그대로인 게 고맙고, 노부부의 뒷모습이 그렇게 내 마음에 그득하게 들어온 것도 선물이다. 나도 언젠가는 그런 모습으로 그런 곳에 있을 수 있으면 좋겠지만, 뒷모습을 어떻게 내 맘대로 하나? 지나 온 삶의 모양이 그대로 묻어나는 것인데.

무심한
걸음

　야생화 핀 들녘으로 초대를 받았다. 파피(Poppy)꽃도 피었다고, 점심도 준비해 놓겠다며 친구가 말했다. 사흘째 비가 오락가락하고 있다. 늘 메말라서 먼지가 날리던 땅에 꽃이 피었다니, 어떤 모습일까. 커피를 가득 담아 들고 집을 나섰다.

　비 온 뒤라 모처럼 시야가 청명하여 멀리 있는 산봉우리도 그 윤곽이 선명하게 다가온다. 한껏 부풀어 오른 하얀 구름이 풍성하게 퍼져 있다. 구름이 만드는 표정은 도대체 몇 개일까. 동쪽엔 회색 구름이 줄을 서듯 연이어 몰려있다. 그 무리의 가운데쯤에서는 어둡고 무거운 표정의 구름 조각이 못 참겠다는 듯 빗물을 뚝뚝 떨어트린다. 비가 갑자기 우박이 되어 차창을 세게 두드린다. 꽃들이 견딜 수 있으려나, 마음이 서늘해진다. 차가 방향을 틀어 남쪽으로 나아가니 언제 비가 왔느냐는 듯이 새파란 하늘이 보인다. 초봄 날씨가 또 변덕을 부린다. 구름 한 점이 동쪽을 향해 하늘을 가로 지나간다.

한 시간 반 정도를 달렸다. 큰길에서 비포장도로로 들어선다. 규격화된 주택들을 돌아 뒤로 들어서니 기대하지 못한 광경이 펼쳐진다. 너른 들판에 집들이 띄엄띄엄, 말들은 한가로이 풀을 뜯는다. 눈앞에 펼쳐진 풍광에 내가 지금 어디에 있는지 잠시 잊는다.

저만치 언덕 위에 서 있는 친구 집이 시야에 들어온다. 비 뿌린 뒤 빨간 지붕이 더욱 선명하다. 마침 정월 대보름이 가까워져 왔다고, 친구는 나물에 잡곡밥을 준비했다. 전과 잡채, 명절이면 생각나는 음식으로 풍성한 점심을 마치고 우리는 맑게 갠 들로 산책하러 나갔다.

완만히 비탈진 언덕으로 마치 아기 이불이 펼쳐진 듯 하얀 야생화가 부드럽고 가볍게 피어있다. 언뜻 보면 아주 작은 노란 야생화인데, 자세히 보니 그것도 꽃잎 모양이 다른 두 종류가 섞여 있다. 같은 색깔의 꽃끼리 무리를 지어 피어있다. 지난주에는 보라색 꽃이 주종을 이루었다는데 지금은 단연 노란색과 하얀색이다. 수적으로 열세인 분홍색 꽃은 여기저기 조용히 숨어있다.

　작은 꽃 사이에 유난히 키가 커 보이는 보랏빛 꽃 한 송이가 눈에 들어온다. 꽃의 줄기를 잡아챈다. 꽃반지를 만들어 보고 싶은 충동이 일어서 나도 모르게 손이 나가기도 했지만, 가슴이 뜨끔하다. 그까짓 추억을 되살려보려는 치기 어린 생각으로, 모처럼 허리를 꼿꼿이 세우고 자랑스레 서 있는 그 꽃의 자존심을 무너뜨리다니.

　완만한 언덕을 덮은 연초록의 풀과 어우러져 피어있는 작은 꽃들 위를 바람이 부드럽게 스쳐 간다. 그 결에 봄기운이 내 몸으로 스며든다.

　언덕을 한참 오르니 파피가 보인다. 아침나절이 좀 추웠는지 아직 봉우리를 열지 않았다. 그래도 그 주홍빛 노랑의 자태가 신비롭기조차 하다. 저 안쪽으로 큰 파피 한 송이 크게 피어올랐다. 휴대폰을 꺼내 들고 다가서는데, 딛고 선 발밑의 느낌이 편치 않다. 뒤돌아보니 걸어 온 걸음마다 짓눌린 꽃들이 누워있다. 아프다고 신음하는 것 같다. 사진 한 장 찍겠다고 많은 파피를 밟았다. 조심스레 발끝으로 뒤로 물러난다. 그들이 다시 일어설 수 있을까, 허리를 굽혀 내려다본다. 짓밟혀진 것들 아래로 아직도 피지 못한 것들이 기지개를 켤 채비를 차리고 있다.

야생 꽃들이, 내가 단지 보고 즐기는 것 이상의 그 무엇이 되어 내 마음을 친다. 살아있는 것들은 다 같다. 사람도 마찬가지다. 생존하기 위하여 안간힘을 쓰지 않으면 안 된다. 꽃들이 여리고 작은 것에 비하여 그를 받쳐주는 잎들은 강하고 힘차게 퍼져 나가 있다. 억센 사막의 풀과도 자리다툼하고, 다른 야생화의 줄기와도 서로 영역 경쟁을 심하게 한다. 올해는 가끔 비가 와 준 덕분에 그래도 조금 수월했을 거다. 비도 거의 안 오고, 이슬로만 살아야 했던 힘든 여러 해를 견디어 왔다. 내년에는, 후년에는 하며, 좋은 날들을 기다렸다. 힘들고 죽을 고비를 넘겨서 겨우 한자리 차지하였으나 시련이 끝나지 않았다. 새벽에는 추워서 떨었고, 이제야 겨우 단 며칠의 영광을 보려는데, 무심한 이에게 밟혀 죽을 지경이 되었다.

그 무심한 폭군은 나였다. 특별히 해코지하려는 마음이

아니더라도 때로는 무심한 무례함이 다른 살아있는 것들에게 무거운 억압이 되기도 한다.

이 봄이 따뜻하게 오래 가면 좋겠다.

나를 위하여, 그들을 위하여, 또 아직 피어 보지도 못한 것들을 위하여.

살아있는 것들의 소리

한영 수필집

살아있는 것들의 소리